La memoria

1139

DELLO STESSO AUTORE

Il ragazzo che leggeva Maigret
La casa di ringhiera
Gli scheletri nell'armadio
Il segreto di Angela
Il caso Kakoiannis-Sforza
L'uomo con la valigia
Morte di un ex tappezziere
Commedia nera n. 1
Sei storie della casa di ringhiera
L'errore di Platini
La clinica Riposo & Pace. Commedia nera n. 2
Il diario segreto del cuore

nella collana «Il contesto»

Il correttore di bozze
Il superstizioso
Prenditi cura di me
Piccola enciclopedia delle ossessioni

Francesco Recami

L'atroce delitto di via Lurcini

Commedia nera n. 3

Sellerio editore
Palermo

e-mail: info@sellerio.it
www.sellerio.it

Questo volume è stato stampato su carta Palatina prodotta dalle Cartiere di Fabriano con materie prime provenienti da gestione forestale sostenibile.

Recami, Francesco <1956>

L'atroce delitto di via Lurcini : commedia nera n. 3 / Francesco Recami. - Palermo : Sellerio, 2019.
(La memoria ; 1139)
EAN 978-88-389-3951-8
853.92 CDD-23 SBN Pal0313422

CIP - *Biblioteca centrale della Regione siciliana «Alberto Bombace»*

L'atroce delitto di via Lurcini

Commedia nera n. 3

1
Il risveglio dei diseredati

In quell'enorme stanzone sembrava non ci fosse nessuno. Erano appena suonate le campane di mezzogiorno, a Santa Maria Novella.

Lo spazio era suddiviso da nastri bianchi e rossi, come quelli che si usano per i cantieri o per le case messe sotto sequestro: le strisce parallele al lato lungo e a quello corto dello stanzone dividevano l'ambiente in riquadri di circa tre metri per tre. Il pavimento di mattonelle maiolicate rotte e sbreccate era ricoperto da cartoni, materassi, valigie, borse, coperte, scatoloni, bottiglie di acqua minerale, di Coca-Cola, di vino e di superalcolici, tutte vuote, cartocci, cartoni di Tavernello e di Gaiosello, stracci, giacche a vento usurate, scarpe, moltissime scarpe malconce, fornite probabilmente dalla Caritas, asciugamani a pezzi, giornali e rifiuti sia organici che indifferenziabili, dispersi nell'ambiente senza un particolare criterio.

C'erano anche alcuni scheletri di bicicletta, svariati copertoni, palloni sgonfi, un paio di televisori anni settanta, tre mobiletti Ikea sfasciati, alcuni carrelli della Coop e della Conad, tre candelabri di ottone, uno scaldabagno reclinato, una scala di legno di proprietà del Comune, uno specchio stradale rettangolare di proprietà dell'ANAS, opportunamente disposto vicino all'ingresso, così che coloro che uscivano potevano darsi l'ultima riordinata prima di lasciare il locale.

Insomma il tutto somigliava a un enorme magazzino di uno stracciarolo che avesse abbandonato l'attività da tempo, mollando sul posto tutto ciò che non serviva più a niente.

Una gatta soriana di una certa età stava attraversando quello spazio ingombro, ispezionandolo con atteggiamento schifato, non sapeva dove appoggiare le zampe e le ritraeva come se avesse toccato liquidi immondi. Finì per infilarsi sotto una coperta, probabilmente aveva raggiunto la sua residenza, dalla ricerca non aveva ricavato niente di utile o di commestibile.

Eppure quello stanzone – dentro la ex cabina di controllo della stazione ferroviaria di Santa Maria Novella – era il luogo di abitazione di numerose persone di varia età e provenienza, e anche stato civile: c'erano i singoli, le coppie, le famiglie. Si trattava di un rifugio per un numero variabile, che andava dalla trentina alla cinquantina, di senzatetto le cui rispettive aree di spettanza erano diligentemente segnalate dal nastro bianco e rosso, circa nove metri quadrati a testa, che ciascuno degli occupanti riempiva con i suoi effetti personali, in linea di massima corrispondenti agli oggetti sopra elencati.

Qualcuno aveva steso dei panni nella propria delimitata superficie, altri sul fondo dello stanzone, in un'area considerata comune.

Il grande spazio era abbastanza uniformemente pervaso da cattivo odore, prodotto in loco dagli occupanti, che si miscelava con i miasmi provenienti dalle ex latrine, che forse venivano utilizzate come se non fossero ex.

In quel momento non si vedeva molta gente: se qualcuno c'era stava dormendo profondamente o semplicemente riposando sotto le coperte, i pezzi di cartone, i cumuli di stracci.

Svegli erano i membri di una famiglia balcanica composta da padre, madre, figlio adolescente, figlia piccola e nonno, non si sa se un nonno di sangue, comunque lo chiamavano Baba ed era un uomo anziano. Seduti per terra si stavano preparando un caffè alla turca, grazie a un fornellino Camping gaz e a un pentolino smaltato che di smalto ne aveva conservato poco.

A guardar bene sotto i mucchi di coperte e di cartoni si sarebbe visto qua e là un piede, un braccio, un orecchio, c'era altra gente sommersa dai cumuli.

In un angolo stavano risistemando i loro zaini due viaggiatori provenienti dalla Norvegia. Erano puliti e vestiti con costosi materiali da alta montagna, di tonalità cromatica che andava dal nero chiaro al nero scuro. Controllavano il bagaglio: probabilmente mancavano parecchi elementi, ma erano fatti loro. Che ci facevano due turisti in un rifugio per senzatetto? Beh, forse avevano letto qualcosa sul TripAdvisor degli homeless, una sorta di guida europea dei rifugi per non abbienti. Oppure erano in possesso della guida vera e propria: *To be homeless in Europe* (in vendita a 18 euro), dove sono riportati tutti i luoghi di interesse per homeless in trasferta: alberghi dei poveri, rifugi istituzionali e privati, dove mangiare gratis – luoghi di distribuzione pubblica di razioni; mense popolari; magazzini e mercati per non abbienti; istituti per i poveri, dove si effettua distribuzione di vestiti e coperte e generi di prima necessità. Si citavano anche i bagni pubblici, gratuiti o meno, i diurni. Perfino manifestazioni culturali, teatro, cinema, musica di libero accesso.

Probabilmente i due giovani norvegesi avevano semplicemente scelto l'opzione residenziale più economica. Ma che non si stupissero se i loro bagagli erano stati saccheggiati.

L'edificio, un capolavoro del razionalismo degli anni Trenta, riportato su riviste e manuali di storia dell'architettura, disponeva di ampie finestrature a quadratini, su entrambi i lati, sia quello su via *** che quello che dava direttamente sui binari ferroviari. Ma al momento i vetri erano quasi tutti rotti, diremmo al 90 per cento, ed erano stati sostituiti da pezzi di cartone o altri materiali opachi. Così l'illuminazione del locale, che secondo il progetto dell'architetto futurista Angelo (o Angiolo) Mazzoni era prevista essere a giorno, adesso era molto limitata, ridotta al minimo.

Fece il suo ingresso un tipo piuttosto anziano, che non aveva le sembianze da clochard, soprattutto perché era vestito da prete: un lungo abito nero con decine di bottoni, come usava una volta. In effetti era arrivato colui che chiamavano il Prete, un decano del luogo, secondo solo al capo per anzianità, in quella comunità. Egli raccontava che in gioventù era stato veramente un prete, ma che poi lo avevano spretato a causa di alcuni fraintendimenti... e da lì erano cominciati i guai. Non si sa se questa storia contenesse elementi di verità, ma il cosiddetto Prete un abito talare lo possedeva veramente, e ogni tanto lo utilizzava per raggirare qualche sprovveduto. Era elemento ben noto alle forze dell'ordine, però di grave a suo carico non c'era niente: al massimo raccoglieva qualche elemosina a favore di una parrocchia inesistente. D'altronde la sua espressione, al bisogno, era così disperata... e in fondo era un uomo pacifico, inoffensivo, con tutta probabilità disperato lo era veramente.

Il Prete, senza neanche cambiarsi, fece i bagagli. Raccolse i suoi averi, due borse consumate, e in fretta e furia se ne partì di nuovo. E dove andava?

Lì vicino i coniugi Rizzitiello, ancora nascosti sotto il loro mucchio di coperte, vestiti, tendaggi e altro, avevano già cominciato a litigare, di prima mattina. Nell'idioma incomprensibile da loro parlato, un dialetto campano non meglio identificato, si insultavano violentemente: anche senza capire una parola dal tono si intuiva che si stavano lanciando terribili offese. Lui, grosso e di bassa statura, con pochi capelli sulla testa ma lunghi, assai unti, sulla nuca, aveva un addome molto voluminoso e ballonzolante, che fuoriusciva dalla giacca scura consunta. Sosteneva che nella sua vita precedente faceva il camionista, in effetti il fisico ce l'aveva, soprattutto le braccia e il collo, possenti e pelosissimi. Lei, soprannominata Catarì, piccola e grassoccia, sembra che in passato facesse «il mestiere»: amava i vestiti striminziti e corti, che recuperava alla Caritas, come tutti. Però possedeva un gilet di pelliccia color lapislazzulo, che non abbandonava mai, neanche d'estate.

Il litigio dei due campani ebbe l'effetto di una sveglia, da altri giacigli si sentirono rumori, sbadigli e flatulenze.

All'estremità nord dello stanzone, più o meno in corrispondenza di dove si sarebbe trovato l'altare, se quel luogo fosse stato una chiesa cristiana, c'era una pedana di legno, che delimitava un'area rialzata, praticamente il doppio dei normali spazi di 3 x 3 m delimitati dal nastro bianco e rosso. Sopra questa pedana era montata una tenda da campeggio Moncler color marrone, di quelle fatte a casetta, non a canadese. La tela gialla e marrone era interrotta da finestre semitrasparenti di nylon. Non era fissata da picchetti, ma inchiodata direttamente alla pedana mediante grosse bullette da falegname.

Subito fuori dalla tenda, quasi fosse di piantone, stava un vecchietto che indossava una giacca da camera consunta, di fustagno rossiccio. Seduto su una seggiolina da spiaggia leggeva il giornale, ogni tanto commentava: «Hi hi hi». Pareva interessato soltanto alla lettura del suo quotidiano. Disponeva di tre paia di occhiali: uno sulla testa, a mo' di fermacapelli, anche se di capelli non ce n'erano, erano le lenti da lontano, per la guida e il cinema, nonostante il nostro probabilmente né guidasse né andasse al cinema; uno sul naso, con le lenti da vicino, adatte alla lettura del giornale; uno al collo, tenuto da una stringa di scarpe, per la media distanza.

Non era lui il proprietario della tenda Moncler: era solo un sottoposto, il suo spazio era lì sotto e il suo incarico quello di fare la guardia. Quello che abitava nella tenda invece evidentemente godeva di certi privilegi nei confronti degli altri, a cominciare dalla privacy, ma non solo.

Infatti all'interno c'era un vero materasso, appoggiato sopra un telo di plastica per ridurre l'umidità, che notoriamente quando è in basso risale mentre quando è in alto scende. Inoltre era presente un baule di aspetto anticheggiante, dotato di una robustissima serratura, rinforzata da un enorme lucchetto per biciclette. Così il tenutario di quella «camera» poteva riporre ordinatamente, per quanto possibile, le sue cose. Il resto dell'ambiente era arredato modestamente, con una vecchia poltrona di tela, cinque o sei taniche di plastica opaca, delle quali almeno due contenenti acqua, un apparecchio radio, un fornello a gas a tre fuochi attaccato a una bombola da 10 kg, una moscarola, nel senso di un contenitore verticale di stoffa atto a proteggere i cibi dalle mosche, alcune scatole di polistirolo espanso, di quelle che si usano per trasportare mozzarelle e altri prodotti caseari su lunghe distanze. In un angolo era piazzato un cavalletto da pittore, sul quale erano appoggiati tubetti di colori a olio strizzati, pennelli molto usati, trementina eccetera. Lì vicino parecchie tele, alcune dipinte altre no.

L'appartamento disponeva perfino di una bacinella d'acqua per la toeletta, di un lavamano, di quelli di ferro smaltato che usavano una volta – prima che fosse inventata l'acqua corrente – poggiato su un elegante portacatino in ferro battuto, di quelli che oggi si utilizzano in giardino come portavasi.

Dai tubi in alluminio del tetto della tenda pendeva uno spago, al quale era attaccato uno specchio tondo, da barba. Il tempo era scandito da una grossa sveglia bianca, pendente anch'essa, il cui ticchettare turbava i sonni, con tutta probabilità, dell'intero condominio.

Sul materasso giaceva riverso un uomo, che dormiva profondamente sotto più strati di coperte militari. Russava forte.

Non era più giovane, diciamo una sessantina d'anni abbondanti, portati male, ma non tantissimo, per essere un senzatetto. Barba di quindici giorni, ultima doccia sconosciuta, una camicia di lana a scacchettoni.

Dormiva duro ma i suoi sonni non erano tranquilli. Ogni tanto si rigirava nel letto, si scopriva o si avvoltolava ancora di più nelle coperte.

Entrarono nello stanzone due persone, un maschio e una femmina. Il primo correva cercando di non farsi prendere dall'altra, che invece ne provava di tutte per riuscire a raggiungerlo e ad afferrarlo. Parlavano una lingua incomprensibile, quello che si urlavano è impossibile a riferirsi anche a pappagallo, trascrivendo i suoni. In ogni caso fra di loro in quel momento non intercorrevano sentimenti benevoli. Saltellavano in mezzo alle aree di competenza altrui creando scompiglio. Dai giacigli si alzarono sommessi mugolii e larvate proteste.

Anche quello che dormiva dentro la tenda da campeggio fu svegliato ed era di pessimo umore. Ci mise qualche minuto a riprendersi veramente, a quel punto i due che si inseguivano erano già scappati fuori, sempre una dietro l'altro nello stesso ordine di entrata. Come sarebbe andata a finire? Nessuno l'avrebbe mai saputo.

Colui che si era risvegliato era proprio col culo di traverso.

Probabilmente la notte precedente aveva preso una sbornia colossale e adesso, nonostante al bere forte ci fosse piuttosto abituato, la testa gli rimbombava e non gli dava tregua, sembrava dovesse scoppiare da un momento all'altro.

Si alzò lentamente dal letto, prima riuscì a mettersi a quattro zampe, poi, agganciandosi alla poltrona, raggiunse la posizione eretta, anche se incurvata.

«Ohi ohi ohi, che botta! Che botta!».

Barcollava, aveva le vertigini.

«Che botta che ho preso! Mama mia».

Per prima cosa estrasse un vecchio pitale dalla moscarola, e si scaricò lì dentro, a lungo. Meno male che era uno di quei vasi da notte di grosso formato.

Poi sollevò una tanica mezza piena e riempì la bacinella. Aveva urgenza di darsi una prolungata sciacquata in faccia.

Se la dette.

Un po' meglio.

Se ne dette un'altra.

Ma, aveva le traveggole? L'acqua era diventata scura e rossastra, e più si sciacquava più l'acqua prendeva colore.

«Che cass...?».

Si guardò le mani. Erano lorde di sangue semirappreso.

Oh porca puttana, ma che cazzo ho combinato?

Si guardò in faccia allo specchio, non aveva tagli o escoriazioni che non ci fossero anche prima, roba vecchia. Niente sanguinamenti addosso, si tastò, si controllò su tutto il corpo, non c'erano ferite. Allora non è sangue mio? Ma di chi è?

A questo punto cercò di produrre uno sforzo di memoria. Che aveva fatto nel corso della notte? Vuoto assoluto. Non ne aveva contezza alcuna. Ci provò ancora.

Non era la prima volta che la mattina non si ricordava proprio niente di quello che aveva fatto da una certa ora in poi. Ma adesso? Con tutto quel sangue?

Cercava di lavarlo via, ma gli sembrava che le mani fossero lordate per sempre.

Doveva cambiare l'acqua.

Prese la bacinella e si avviò con passo incerto verso i «servizi».

Questi consistevano di tre cessi alla turca che non disponevano più di acqua corrente da una trentina d'anni. Eppure tutti continuavano a usarli, con le conseguenze del caso.

Franzes, questo è il nome del personaggio che si lavava le mani insanguinate, gettò nel cesso l'acqua rossastra. Il tanfo micidiale di quelle latrine lo svegliò un po', ma la memoria non tornava.

Fu di nuovo di fronte al suo attendamento e interrogò il vecchietto di guardia, distrattamente.

«Turbe, a che ora mi hai visto rientrare?».

«Non lo so, non ho l'orologio, hi hi hi».

«Ma com'è che ero messo?».

«Abbastanza male, hi hi hi».

Turbe era pagato per fare la guardia alla tenda di Franzes, temendo lui di essere obiettivo di attentati, assalti, furti e rappresaglie. Svolgeva una sorta di piantonamento, sia che Franzes fosse presente, sia che fosse fuori per lavoro.

Cioè, non riceveva propriamente un emolumento, semplicemente non pagava la quota per la sua porzione dello spazio comune, come invece facevano gli altri.

«Ehi Franzes, hi hi hi, ma che hai combinato?».

Il vecchio non poteva non aver notato l'aspetto stravolto del suo superiore. Anche se non era certo la prima volta che questo ne combinava di grosse, fissava con sbalordimento la camicia di Franzes.

«Perché, cosa c'è, cos'hai da guardare in quel modo? Mama mia, che mal di testa...».

«Ma Franzes, ti sei visto? Guarda un po' la tua camicia, hi hi hi».

L'altro la guardò. Porca miseria, era tutta sporca di sangue, sul davanti e anche sulle maniche, un bel po' di sangue.

Ma che cass... pensò, togliendosi la camicia a quadratoni, che gli avevano dato quelli della Misericordia, la rappallottolò e la infilò sotto il materasso. Tornò alla bacinella, smarrito, cercò di sciacquarsi anche le braccia.

Che cavolo avrò combinato, ho sbudellato un gatto? Oppure sono andato a rovistare nelle carni del macellaio? Boh? E chi si ricorda niente?

Turbe lo fissava con curiosità.

«Vattene fuori di qui» gli intimò Franzes. «Non è successo niente. Mi sono fatto un taglio. Tu non hai visto niente. Togliti dai piedi».

Turbe commentò: «Un taglio, eh? Ma dove? Hi hi hi. E non sanguina più?».

«Vattene!».

Franzes chiuse la tenda e cercò di recuperare la memoria. Ma dove si era cacciato quella notte?

Sentì dei rumori all'esterno del suo alloggiamento.

In quel momento rientrarono nello stanzone due persone molto anziane, marito e moglie, almeno così dicevano. Stanchi ma ottimisti, accesero la loro radiolina a transistor, per rilassarsi quanto possibile con un po' di buona musica. Franzes li chiamava gli Innamoratini di Peynet. Stavano sempre appiccicati l'uno all'altra. Pare che nei tempi andati lui fosse impiegato e lei casalinga, una famiglia piccolo borghese che godeva di una vita assolutamente normale finché... a Franzes di tutto ciò non importava niente.

«Eccoli gli Innamoratini, giusto voi» disse mentre indossava un'altra camicia, identica alla precedente, gliene avevano regalato uno stock. «Lo sapete che siete indietro con i pagamenti? Mi dovete una settimana, vale a dire 14 euro. Tirateli fuori immediatamente».

Tutto quello che gli Innamoratini riuscirono a cavar fuori dalle tasche furono tre euro più una manciata di monetine da un centesimo o due.

«Signori miei, le regole le conoscete. Pagamento giornaliero e anticipato. Un euro a persona al dì per l'occupazione dell'area riservata, più 50 centesimi per l'utilizzazione dei servissi. Non si fanno dilazioni. Con voi ho chiuso un occhio perché... Insomma, ho chiuso un occhio. Ma ora ne ho basta, pagamento immediato, altrimenti...».

«Signor Franzes, tu lo sai, è un brutto momento e ci sono tutti quei negri in giro, non si batte chiodo, la gente non ha più spiccioli in tasca... devi avere un altro po' di pazienza...».

Franzes contava disgustato le monetine.

«Lo sapete che non le accetto le monete di piccolo taglio. Qui non si arriva a quattro euro. Io ve averto. Vi do tempo altri due giorni per saldare, perché sono buono dentro. Ma ho due ragazzi che vengono dall'Alta Italia e che per il vostro posto mi darebbero subito dieci euro a testa, anticipati! Se dopodomani non avete pagato, allora alzate le tende! Sappiatelo, la gente fa la coda per venire qua dentro, specie adesso che si approssima l'inverno».

«Sì, signor Franzes, vedrà che domani la paghiamo».

Franzes sbuffava.

«Ma che ha fatto alle mani, sono tutte sporche, sembra sangue».

Quello se le guardò. Erano ancora macchiate.

«Roba da niente. Xe vernice».

Tornò nella sua tenda e chiuse il telo di ingresso, contrariato.

Infilando gli spiccioli dei vecchietti in tasca sentì che dentro c'era qualcosa, dei fogli di carta. Li estrasse e ammutolì. Erano tre fogli da cinquanta euro. Questa poi... e da dove saltano fuori? Provò a far lavorare la memoria, ma ancora una volta non uscì niente. Centocinquanta euro? E in biglietti grossi. E questi? E chi me li ha dati? A chi li ho presi?

Versò altra acqua nella bacinella, si strofinò le mani con energia, l'acqua continuava a scurirsi, ma le tracce di sangue restavano – per sempre? – sulle mani.

Guardò la sveglia pendente da un supporto della tenda, un attrezzo meccanico che faceva un frastuono d'altri tempi e che oscillava come un pendolo. Segnava le tredici e trentasette.

Fece mente locale. Cos'è che succedeva alle due del pomeriggio? Era proprio confuso.

Cosa faccio di solito a quest'ora? Devo andare a lavorare?

Da un esame dei materiali presenti all'interno della tenda è possibile dedurre che l'occupazione principale di Franzes fosse quella di dipingere quadretti paesaggistici della città e venderli per la strada. Ma le sue attività erano molteplici, però con la confusione che aveva in testa non riusciva a ricordarsi degli impegni. Di solito quella era l'ora in cui usciva con il cavalletto sottobraccio, e allora... Poi però, come un lampo, gli venne in mente che un impegno c'era: «Ah, no, ghe xe quei dell'intervista».

Andò a controllare sulla sua «agenda», un foglio ripiegato in quattro. «28 ottobre, ore 14, intervista qui», c'era scritto. Ma oggi che giorno è? Era effettivamente il 28 ottobre, ne fu certo solo dopo essersi affacciato dalla finestrina che dava sulla stazione, da lì si vedeva un tabellone luminoso.

2
L'intervista

Alle 14 e dieci circa entrò nello stanzone un terzetto di persone, vestite con giacconi Barbour. Due con la borsa a tracolla, contenente probabilmente il computer, una portava invece una sacca tecnica assai più pesante, che non ci fosse dentro la telecamera? Ah, di questo non si era parlato.

Si avvicinarono timorosi alla tenda di Franzes. Lui era lì che si strofinava le mani con un bruschino.

«Mi scusi, ma lei è l'ex imprenditore?».

«Sì, sono io».

«Ci deve scusare, le dispiace se prendiamo qualche foto?».

Il tecnico dei tre stava già attrezzando l'apparecchio fotografico.

«No, non mi dispiace, ma sono 20 euro a scatto, pagamento anticipato».

«Ma come, venti euro? Ma vale sul pubblicato o in generale?».

«Ma sul pubblicato, no? Ma chi mi hanno mandato, siete alle prime armi? Comunque prendere o lasciare».

«Va bene, d'accordo». Cacciarono venti euro, scattarono qualche foto.

«Le dispiace se le facciamo alcune domande?».

«Beh, e se no cossa siete venuti a far?».

«Allora cominciamo». Il cameraman estrasse la telecamera dalla borsa e cominciò a preparare il set.

«Un momento, un momento, si tratta di un'intervista su carta o filmata? Su carta sono 150 euro. Filmata si passa a 300, ma ci devo pensare. Comunque sono anticipati, ho già preso troppe fregature da voi giornalisti, in passato».

«Ma ci capisca, noi siamo degli stagisti, il giornale non ci ha dato i soldi, non ci hanno detto granché, se non che ci vuole un pezzo visto che si avvicina il Natale».

«Allora non se ne fa niente. Andatevene via, e vi diffido dal fare qualsiasi uso delle foto, vi denuncio. Io non ho tempo da perdere».

«Hi hi hi, intervistate me! Io so tutto. So come vanno le cose qui».

«Stai zitto Turbe, pesso de merda! Non ti intromettere. Questi sono qui per me, perché nella vita passata facevo l'imprenditore. Tu che casso facevi prima?».

«Che c'entra, facevo l'impiegato, e allora? Hi hi hi».

«E allora di te non se ne fanno di niente, stronso che non ti s'è altro. Io do soddisfazione, perché la gente pensa, guarda quello lì che faceva l'imprenditore, e adesso è ridotto in braghe de tela. Ci godono. Invece tu facevi l'impiegato, come magari fanno gli spettatori, e allora si mettono paura, gli viene l'ansia. Pensano che anche loro possono come ridere finire nella merda: e se capitasse anche a me? Il tuo caso lo saltano a piè pari, Turbe, non ne vogliono sapere niente, così la tua intervista non vale un casso».

«Ma io un tempo possedevo un camper».

«A maggior ragione! Tutti quelli che possiedono un camper penseranno: potrei perdere il mio camper, e trovarmi sul lastrico. Ma come posso fare senza il mio camper?».

Franzes ritrovò la concentrazione coi giornalisti.

«Ma insomma, questi 300 euro saltano fuori o no?».

«Ma lei, quando era un imprenditore, quanto guadagnava?».

«Eh, sono arrivato a 70.000 annui».

«70.000 all'anno? Accidenti. Ma lordi o netti?».

«Ma che domanda è? Ma perché non mi mandano dei professionisti? Lo sapete che possedevo un SUV?».

«Un SUV? Che marca? La cosa interessa».

«Beh, allora, mi state intervistando? Mi pare di essere stato chiaro, avvoltoi che non siete altro».

«Avvoltoi noi? Ma lo sa che ci danno 5 euro al pezzo, non ci paghiamo neanche l'autobus».

«E chi se ne frega? Lei non ha il senso delle cose. Ho già fatto un sacco di interviste. Lo sa che su YouTube sono arrivato a 18.370 visualizzazioni? E quando mai un suo pezzo ha avuto tanto? Lei è pazzo se non capisce di che cosa stiamo parlando. Un ex imprenditore facoltoso costretto a vivere come un sensatetto dentro alla stazione».

«Allora, insomma, possiamo almeno raccontare la sua storia?».

«Nemmeno per sogno, neanche quello che vi ho già detto, che è più che bastansa. A meno che non vi decidiate a pagare».

I tre si frugarono nelle tasche. Fra tutti disponevano di 115 euro in totale. Glieli misero in mano.

«Va bene, vi faccio lo sconto perché siete giovani e stagisti, ma mi raccomando, che non si sappia in giro. E solo intervista cartacea con una foto, ben s'intende».

L'operatore ripose la telecamera e riprese in mano la macchina fotografica.

«Ehi lei, non faccia il furbo, lo so che con quelle macchinette oggi si fanno filmati semiprofessionali. Con chi crede di avere a che fare?».

Dopo una mezz'oretta l'intervista era finita. Franzes (gli chiesero se era un nome d'arte, lui non rispose) raccontò per l'ennesima volta che era finito sulla strada dopo che la sua azienda aveva subito un tracollo. Crisi familiare, crisi finanziaria, non aveva più soldi, casa, un tetto, e tutti gli avevano voltato le spalle. Tirò un po' via, quei ragazzi gli avevano rotto le palle e lui aveva altro a cui pensare.

Alla fine dell'intervista la giornalista in erba gli fece notare: «Mi scusi, non so se se ne è accorto, ma ha le mani un po' sporche di sangue».

«Cosa? Io? Ma che stai dicendo?».

Si era fatto tardi. Franzes era indietro col lavoro, una quantità di incombenze. Sbatté fuori quei ragazzi piuttosto imbecilli e si dedicò ai suoi doveri, prima di tutto la verifica delle presenze e dei pagamenti. Ebbe subito una cattiva notizia: la famiglia di kossovari se ne era andata, approfittando del fatto che lui dormiva. Bastardi de merda! Anzi, come si dice oggi, meticci de merda!

Se ne erano andati la mattina alle dieci, e quindi avrebbero comunque dovuto pagargli la giornata, perché il check out andava fatto prima di mezzanotte.

A un certo punto Franzes dovette prepararsi per uscire. Prese il giaccone, controllò che anche quello non fosse lordato di sangue. A dire il vero era talmente sudicio che eventuali macchie non si sarebbero neanche notate. All'origine era un bel giaccone, arancione coi catarifrangenti, gliel'avevano regalato tanti anni prima quelli del Soccorso Alpino, e appunto esibiva sia sulla schiena che sul petto due imponenti scritte: SOCCORSO ALPINO – BORGO SAN DALMAZZO. In qualche maniera era il suo segno di riconoscimento, non se lo levava mai, neanche d'estate, con tutte le conseguenze del caso.

Strano però, che non ci fossero macchie di sangue, visto come era ridotta la camicia. Evidentemente quando si era sporcato il giaccone non lo aveva indosso. Inoltre, tranne qualche traccia, non era insanguinato nemmeno all'interno. Dunque dopo essersi intriso di sangue era passato del tempo prima che si fosse rimesso addosso il giaccone.

Immerso in queste riflessioni Franzes non pensò alla cosa più ovvia, e cioè che con quel giaccone fosforescente era riconoscibilissimo. Ci avrebbe pensato troppo tardi.

Adesso aveva un impegno, doveva andare in tipografia, alle quattro.

Ci doveva andare per forza, a ritirare le copie dell'ultimo numero di «Casa, dolce casa», la rivista degli homeless della regione. Gli articolisti erano tutte persone che avevano fatto la scelta della strada, o che magari non l'avevano fatta, ci si erano malauguratamente ritrovati. C'erano poesie, articoli di politica estera, redazionali, mémoires, spigolature, invettive, fumetti, perfino il sudoku. La redazione era curata da una cooperativa affiliata al Comune, ma la distribuzione era affidata ai senzatetto, gestita da Franzes. La rivista veniva venduta per strada, necessariamente.

«Allora siamo pronti? Quante copie?».

«Ne abbiamo tirate cinquecento, ci devi duecento euro, in contanti e subito».

«Eh, quante storie! E quanto razzismo! Non vi fidate dei senzatetto? È questo il vostro spirito di solidarietà per una rivista autogestita, che cerca di dare uno spiraglio di speranza a chi non ne ha?».

«Franzes, tira fuori i soldi».

«Perché, non ve li ha già dati il Comitato? E il Comune?».

«Ci hanno dato duecento euro di anticipo, gli altri duecento ce li devi dare tu, e lo sai che ci rimettiamo, lo facciamo per carità cristiana».

«Ah, carità cristiana! Questa mi fa proprio ridere. È così che si trattano i clienti?».

Franzes tentò fino all'ultimo di avere un piccolo sconto.

«Ho solo centottantacinque euro, va bene lo stesso?».

«No».

Franzes tirò fuori da una tasca gli altri quindici euro.

«Vaffanculo Franzes, paga e levati dai coglioni».

«Almeno prestatemi un carrello portapacchi, queste scatole pesano».

«Col cazzo, se ti presto il carrello, non lo rivedo mai più».

Franzes, bestemmiando, dovette trasportare gli scatoloni a mano al posto di ritrovo, dietro l'angolo.

Qui, con puntualità sorprendente, confluì una ventina di persone, i distributori autorizzati della rivista, tutti rigorosamente senzatetto. A ciascuno di questi veniva consegnato un certo numero di copie, dalle 20 alle 30, a seconda del prestigio acquisito e delle disponibilità finanziarie. Il prezzo di copertina della rivista era di un euro, Franzes cedeva le copie a 50 centesimi cad. Un affarone per i distributori, anche perché Franzes sapeva benissimo che molti acquirenti mollavano ben più di un euro, alcuni ne versavano due, aveva sentito dire che una volta una ex professoressa ne aveva sborsati addirittura cinque. D'altronde era il rischio imprenditoriale e in quel settore di mercato editoriale non erano previste rese.

Fra l'altro esisteva una rete di distribuzione parallela: alcuni accattoni, anche forestieri, andavano a cercare le copie di «Casa, dolce casa», preferibilmente nei cestini dell'immondizia dove gli acquirenti solidali si affrettavano a buttarle, e inquinavano il mercato. Per questo i rivenditori della rivista andavano in giro con un badge che certificava il loro ruolo ufficiale.

Smistate tutte, dico tutte le copie, Franzes si ritrovò in tasca 250 euro, per la precisione 247. Insomma, la sua mediazione gli aveva fruttato soltanto 47 euro, che considerando l'immobilizzazione di liquidi (per poco più di mezz'ora) era un'inezia. Ma lui non era un avido. Avrebbe potuto chiedere ai distributori anche 60-70 centesimi a copia, quelli gliele avrebbero prese lo stesso.

Tre o quattro copie le tenne per sé. Ne sfogliò una sulla via di casa. La solita roba, a parte un racconto di un autore contemporaneo famoso, che a titolo completamente gratuito aveva regalato il testo alla rivista, come contributo volontario. Il racconto era di stampo onirico e si intitolava: *La mia casa è il mio io*. Il che, in una rivista autogestita di senza casa, rischiava di lasciare l'amaro in bocca. Franzes senza occhiali non riuscì ad andare oltre il quinto rigo. Ma dubitava che anche in possesso delle lenti sarebbe andato oltre il decimo.

3
Il barbecue

Nello stanzone dopo le diciotto riaffluirono tutti o quasi gli inquilini, singoli, famiglie, stranieri, italiani, turisti, ciascuno prese posto nel suo recinto riservato, dedicandosi alle attività tipiche di una serata prefestiva.

Era rientrato anche Al Hamdulallah, così soprannominato a causa di questa sua tipica interiezione, che ripeteva all'infinito. Magrebino dall'età indefinibile, Al Hamdulallah aveva una faccia da tagliagole da antologia, viste le numerose e profonde cicatrici, ricordi forse di altrettante coltellate. Occhi rossi come tizzoni, senza bianco, aveva uno sguardo satanico, feroce, disperato e mortale al tempo stesso. Un aspetto segaligno e l'andatura zoppicante, i denti marci e acuminati, una barba ispida nera come la pece completavano il quadro.

A incontrarlo di notte in una zona appartata sarebbe venuto spontaneo farsi il segno della croce: sembrava uno di quelli che per niente ti avrebbero sbudellato sul posto. Eppure era l'uomo più pacifico e serafico del mondo, sempre pronto a dare una mano, a occuparsi delle magagne altrui, a rischiare in proprio. Religiosissimo.

Era l'unico marocchino che Franzes era disposto ad accettare nello stanzone, dopo i fatti di sangue del

2014, il famoso regolamento di conti fra magrebini dove avevano perso la vita due dei coinvolti.

Al Hamdulallah raggiunse il suo pagliericcio, dopo aver salutato rispettosamente i presenti.

Fra questi la famiglia allargata dei balcanici che stava iniziando a organizzare un barbecue indoor. C'era tutto l'occorrente: fogli di giornale per attivare il fuoco, carbonella, una gratella arrugginita prestata dalla coppia di napoletani, una mezza bottiglietta d'olio, carne non freschissima ma mangiabile (d'altronde si sa che la carne ben frollata, quasi marcia, è quella migliore, la più digeribile) regalata da un ristoratore – gli aiuti cuoco la stavano buttando nel cassonetto dell'organico, ma era stata intercettata appena in tempo – e spezie di ogni tipo che il pater familias conservava gelosamente nella sua borsa-valigia. Dunque attivarono il fuoco, congestionando l'ambiente di fumo denso.

A un certo punto la gratella con la carne fu deposta sul fuoco, cominciò a sfrigolare e a produrre ancora più fumo.

I cani dei due giovani punkabbestia, espressione che in italiano equivale a quella internazionale di squatters, avvertirono il profumino (??!!) dell'arrosto e si avvicinarono, guaendo, al barbecue. I balcanici, che a quanto pare non hanno per cultura tutta questa simpatia per i cani, si armarono di bastoni e altri strumenti. Qualche legnata fu assestata, i cani si allontanarono piangendo. Allora i punkabbestia intervennero, dicendo che così non si fa e assumendo un atteggiamento minaccioso. Il Baba balcanico estrasse un grosso coltello a serramanico. Gli animi si stavano scaldando. Cominciarono a partire urla e improperi, tanto che l'anziana coppia degli Innamoratini non riusciva più a sentire niente alla radiolina a transistor.

Gli indiani, che rispettano molto le vacche ma i cani no, si schierarono dalla parte dei balcanici, però dovettero presto cambiare opinione, perché nel frattempo i figli del padre balcanico avevano ingaggiato una guerra a base di sassate con i bambini asiatici. Non si sa di dove tutti quei sassi fossero venuti fuori, ma al momento infuriava una gragnuola di pietre di media dimensione, in tutte le direzioni.

A farne le spese fu Turbe, in quel momento impegnato a fare la posta a un grosso ratto che ogni tanto bazzicava nello stanzone, uscendo da un buco nel pavimento. Turbe era appostato proprio in prossimità del pertugio, certo che la pantegana, attratta dall'odore di carne alla griglia, avrebbe messo fuori il muso. Turbe prese una sassata sulla nuca e cadde a terra svenuto.

Altri ospiti cercavano di salvarsi infilandosi sotto le coperte, sopra i loro materassi di cartone.

La signora Rizzitiello urlava come un'ossessa, la si sarebbe potuta sentire dalla stazione, ma in realtà urlavano tutti, e i cani abbaiavano o guaivano, raggiunti dalle sassate. Turbe, risvegliatosi, si controllava i danni al cranio, Al Hamdulallah pregava inginocchiato a terra che Allah facesse finire quello scempio. Perché tanto odio?

Quando Franzes fu di ritorno dalla tipografia lo stanzone era nel caos. Il fumo del barbecue aveva saturato l'ambiente e non si vedeva più lontano di mezzo metro, mentre sibilavano sassi e la gente continuava a urlare, a rincorrersi e ad aggredirsi. Data la scarsa visibilità la guerra era diventata guerriglia, e certi gruppetti stavano fermi aspettando che qualcuno gli passasse vicino, per attaccarlo. Le fazioni più accanite erano, naturalmente, quella degli hindi e quella dei musulmani balcanici. Affiorarono odi atavici.

Franzes non si scompose più di tanto, figuriamoci, non era la prima volta. Raggiunse la sua tenda e aprì l'enorme baule. Estrasse la sua fidata arma di contenimento di risse e sommosse: il decespugliatore a motore. Al posto dei tradizionali fili di ferro, che già fanno abbastanza male per conto loro, aveva montato dei lunghi cavetti taglienti a sezione triangolare. Già quando accese il motore a benzina, che faceva un rumore del diavolo e assai ben riconoscibile, gli spiriti cominciarono subito a calmarsi. Quando poi Franzes prese ad avanzare col decespugliatore spiegato, colpendo chiunque gli capitasse sotto, le ostilità cessarono in un istante.

Il barbecue fu spento, gradatamente la visibilità tornò a essere accettabile.

«Bastardi che non siete altro! Il barbecue, se volete farlo, lo fate fuori, all'ingresso, nello spazio dedicato. Sui cani sono stato chiaro, li dovete lasciare nell'apposita area (pagavano anche loro un euro per notte). I bambini non sono autorizzati a utilizzare gli spazi comuni, ciascuno torni nella propria area familiare, se no gli taglio una gamba». Minacciosamente dette una sgassata al decespugliatore. Nessuno ebbe il coraggio di replicare. «E vediamo se adesso non sbatto qualcuno fuori. E tu, imbecille», rivolgendosi a Turbe, «lascia perdere quel ratto, lo sai che questa comunità è contro la caccia. Mi fate diventare idrofobo! Quasi quasi sarei per mollare tutto. Così vi ritrovate per la strada, o nelle fogne. Ma io vi ci rimando, sapete? Qui avete tutto quello che serve: un tetto per proteggervi, un letto per dormire, i servizi igienici, che altro volete? Farmi impazzire? Il primo che sgarra di nuovo lo metto fuori, all'istante».

Dopo il ritorno all'ordine Franzes si chiuse nella sua tenda. Era di pessimo umore, e anche un po' amareggiato per l'irriconoscenza dei suoi ospiti. Con tutto quello che faceva per loro.

Ancora non aveva risolto nessuno dei suoi mille dubbi.

Controllò i tre fogli da cinquanta, come se potessero dargli un qualche segno della loro provenienza. Non glielo dettero, erano banconote da cinquanta come tutte le altre.

Si tastò le chiappe, per controllare se le tasche posteriori contenessero qualcosa di inaspettato. E lo contenevano. In quella di sinistra c'era un cartoncino, un tesserino. Lo estrasse, era una carta di credito. Da molti anni non ne possedeva una: questa era del circuito MasterCard, il più comune. La guardò di sopra, di sotto e di lato. Riportava il nome del titolare, a rilievo, però non ci capiva niente, non erano caratteri latini. Che roba era?

Che caspita, a chi l'ho presa questa? A meno che qualcuno non me l'abbia infilata in tasca per tendermi una trappola. Guardò la scadenza: aveva ancora due anni e passa di validità. Nella striscia bianca riportava una firma illeggibile, peraltro assai facile da imitare. Gli pareva di quelle carte che non richiedono il codice, basta la firma. Volendo avrebbe anche potuto provare a utilizzarla, per esempio in un ristorante. Era un bel po' che desiderava farsi un pranzo come si deve, dopo quelle vagonate di pasta al pomodoro che gli portavano i volontari della mensa sociale.

Si torturava, cercando di richiamare almeno una parte di quello che aveva fatto la sera precedente, ma la memoria non si sbloccava. Allora ebbe un'idea. Capita a chi alza il gomito di avere un totale vuoto di memoria su quello che ha fatto in fase etilica. Però, se ribeve anche solo un po', magari i ricordi riaffiorano. Allora tirò fuori due bottiglie di rosso (se i suoi coinquilini bevevano il Tavernello lui si permetteva bottiglie di vetro che potevano costare anche 1,50, addirittura 2 euro cad.). Ne attaccò subito una, bevendosi tre bicchieri di fila (disponeva anche di alcuni calici di cristallo, provenienti dai migliori ristoranti della città) per rimettersi subito in pari. Per cominciare gli passò il mal di testa, che non gli aveva dato tregua per tutta la giornata. Adesso gli pareva di essere più lucido e tranquillo, e a ogni bicchiere la lucidità sembrava aumentare.

Cercò dunque di riprendere definitivamente in mano la situazione: prima di tutto occorreva recuperare il quadernetto, dove registrava i pagamenti dei vari inquilini, e le loro pendenze. Però il quadernetto non era al solito posto. Lo cercò dappertutto, perfino nel suo giaciglio, sotto tre o quattro coperte. Non c'era. Ma dove casso l'ho messo? Oppure me l'hanno rubato? Adesso Turbe mi sente. Che lo pago a fare se non fa la guardia al mio appartamento?

Sotto le coperte non trovò il quadernetto, ma qualcos'altro che non pensava di possedere: un paio di scarpe femminili color rosa fucsia, dotate di tacchi a spillo acuminati, lunghi qualcosa come più di dieci centimetri.

E queste da dove saltano fuori? Dove posso averle trovate? Qualcuno me le ha regalate?

Bah, in fondo non c'era da farci molto caso, magari le aveva trovate per terra o in qualche cassonetto: era così ubriaco che proprio non si ricordava, ma lui per quanto riguardava gli oggetti gettati o abbandonati aveva una sorta di riflesso condizionato: tendeva a valutarli, quasi automaticamente, e a impossessarsene, nell'ipotesi che in qualche remotissimo modo potessero portargli un piccolo tornaconto, anche solo pochi centesimi. Oppure si potevano barattare.

Passò alla seconda bottiglia, ma niente, non ci fu verso. E queste scarpe dove le ho prese?

Si fece un altro paio di bicchieri di un vino da meditazione, un Montepulciano d'Abruzzo da euro 1,80. Qualche vaghissimo ricordo cominciava ad affiorare: sì, la sera precedente si era unito a un gruppo di giovani turisti americani che lo avevano fatto bere fino all'impossibile. Vodka, un bicchierino dietro l'altro, volevano che lui cantasse qualche canzone napoletana. Poi? Più nulla. Non gli veniva in mente altro. Forse una vaghissima impressione di una donna coi capelli rossi, una donna più grande. Era con quei ragazzi? Oppure non c'entrava niente? Se la ricordava appena, più come se l'avesse sognata che incontrata veramente. Poi buio assoluto, neanche con altri due bicchieri. Ma il vino è la bevanda giusta? Forse ci rivuole la vodka. E lui una mezza bottiglia di vodka ce l'aveva, nel baule. Aprì ancora l'enorme lucchetto da bicicletta ed estrasse il liquore. Che schifo la vodka calda! Vabbè, bisognava andare avanti. Ne bevve un bel po', a garganella, ma i ricordi non venivano fuori, piuttosto, dopo due bottiglie di vino e tre, quattro, forse cinque vodke, cominciava a sentirsi un po' intorpidito. Chiuse il baule, dette un'occhiata allo stanzone dalla finestrina di plastica della tenda e si lasciò andare sul materasso. Presto si inabissò nel sonno, senza neanche passare per la fase della allucinazione ipnagogica. Teneva in mano un oggetto che assomigliava, forse perché lo era, a una parrucca di lunghi capelli color rosso fiammingo. Già dormiva e non ci fece caso. La tenne abbracciata tutta la notte, come fanno i bambini con gli orsacchiotti di peluche o con la copertina.

Per la comunità dello stanzone la notte passò tranquilla. Restavano dei conflitti non sopiti, ma quando era tregua lo era davvero. A tarda notte tornò la coppia di studenti norvegesi per scoprire che il loro posto nel frattempo era stato occupato dall'ex camionista campano, il quale ne aveva abbastanza di condividere il giaciglio con la moglie. Fra l'altro quando questi due facevano l'amore non era una bella scena a vedersi e ad ascoltarsi, e poi, davanti ai bambini.

Ci fu una breve scaramuccia fra i nordici e Rizzitiello, che fu costretto a ripiegare accanto alla sua signora. Questa lo insultò duramente, poi riprese sonno.

Comunque i norvegesi, ormai alleggeriti del 90 per cento dei loro averi, la mattina presto avrebbero lasciato la struttura di accoglienza. I carabinieri, quando avevano raccontato cosa era capitato, gli avevano riso in faccia.

Appena fosse stato loro possibile – avevano subito il furto anche del computer – avrebbero stigmatizzato la situazione con una recensione al vetriolo su TripAdvisor, non sulla struttura di accoglienza, ma sulla guida turistica *To be homeless in Europe.* Una sola infamante stella e il commento estremo: «Very badly written». Ah, se si sarebbero fatti sentire!

4
Ippoterapia

La mattina dopo Franzes si svegliò con la parrucca in mano, per la precisione alcuni ciuffi ce li aveva in bocca. Sputacchiò i capelli che aveva addentato ma lì per lì ne rimase terrorizzato. Pensò che gli avessero fatto uno scherzo, di cattivo gusto, nella migliore delle ipotesi. Pensò che fosse un avvertimento, nella peggiore. Ma chi era stato? Controllò la parrucca da tutti i lati, all'interno riportava un'etichetta con un nome straniero.

Percepì che nello stanzone c'era un clima di agitazione. A quanto pareva i cani degli squatters erano rientrati e si erano piazzati a dormire sui cartoni di pertinenza di Standard, un vecchio amico. Standard era un senzatetto per vocazione, ormai da una quarantina d'anni. Fisico indistruttibile, nazionalità ignota, un uomo pacifico che batteva il centro storico, usciva la mattina e rientrava la sera e non aveva mai dato problemi. D'estate si spostava sulla costa, preferibilmente fra Bassa Maremma e Alto Lazio. Franzes lo conosceva da sempre, e gli teneva il posto.

Adesso aveva da lamentarsi che quei cani gli occupavano il letto. I proprietari dei cani, se così si può dire, lo stavano infamando, che lui non amava gli animali eccetera.

Insomma c'era il rischio che si scatenasse un'altra rissa.

Franzes, con la parrucca in mano, intervenne per tempo, utilizzando una piccozza da alpinismo, trovata dentro uno zaino di frequentatori occasionali dello stanzone, di nazionalità canadese. Con quella persuase i cani a spostarsi, ma lo fece senza troppa convinzione, perché voleva parlare con Parandellà Qungi Mariama, detta Rekka, la decana della famiglia degli indiani: era una signora che aveva studiato e che sapeva un sacco di cose. Le mostrò la parrucca.

Questa osservò l'oggetto con attenzione, da tutti i lati. Con i polpastrelli verificò la finezza e la qualità del capello e alla fine, nel suo inglese alla Gandhi, emise il responso: era un oggetto di prima qualità, capelli veri, occidentali. Valeva una cifra.

«Dis wig, very good, very valuable, if you give it to me I give you two tousend rupias. In India dis red wig very valuable. Real hair, not plastic».

Franzes quasi si pentì di aver mostrato in giro l'oggetto, visto che fra l'altro aveva un valore. Quello sicuramente non l'aveva trovato in un cassonetto. Ma allora dove?

E che ore erano? A che ora arrivavano quelli dell'ippoterapia? La sveglia appesa in tenda diceva che erano le dieci passate. L'ora prevista. Infatti di lì a poco arrivarono.

Si trattava di una piccola congrega di squinternati, secondo i criteri valutativi di Franzes, gente di buona famiglia, sembravano, appartenente a un gruppo di volontari legati al Rotary e a una sfilza di associazioni, che aveva proposto al Comune di applicare le tecniche ippoterapeutiche anche a situazioni di disagio e sofferenza diverse da quelle usuali. Avevano un progetto, a quanto dicevano loro molto innovativo, tanto che in Europa non c'erano esperienze così avanzate.

Ne parlarono con Franzes, persona che gli era stata segnalata come soggetto di riferimento, in quella comunità di homeless.

La portavoce era una bella ragazza sui venticinque con qualche tatuaggio e la coda di cavallo. Portava una canottiera nera con la scritta «Equo e distante». Insieme a lei c'era un ragazzone hipster con una grossa barba squadrata e gli occhialoni con montatura spessa, oltre a un signore più maturo, magro, vestito da runner alpino.

«Veda, siamo una cooperativa che da anni si dedica all'ippoterapia come percorso efficace per varie disabilità, dalla sindrome di Down all'autismo. Ormai il nostro curriculum è consolidato. Ma negli ultimi anni l'ippoterapia ha fatto un salto: non si parla più di disabilità in senso stretto, ma della condizione esistenziale in generale. E quindi si affrontano situazioni di disagio secondo una definizione più allargata: combattere le condizioni di esclusione dalla società. La nostra è una prospettiva di "inclusione", che quindi si applica anche a casi come questo, ai senzatetto, esclusi, o autoesclusi, dalla società. L'ippoterapia può aiutare in questo percorso».

«Scusi, eh, ma cossa sarebe questa ipoterapia?».

«Il cavallo è un grande protagonista nell'educazione informale, in un contesto demedicalizzato pieno di stimoli affettivo-relazionali ed empatici. La sua presenza sviluppa abilità residue e trasversali in grado di abbattere anacronistiche barriere del pregiudizio e dell'emarginazione del "diverso" da noi. Dunque puntiamo all'inclusione dei più deboli attraverso l'esperienza con il cavallo in area ludico-ricreativa e secondo una linearità educativa che viene strutturata per migliorare la qualità della vita. Veda, in tutta Europa ci sono esperienze consolidate di inclusione dei senzatetto, ciascuno a seconda della sua storia personale: alcuni homeless sono stati coinvolti in progetti di orticoltura biologica, o anche di allevamento di animali da cortile. Tali progetti sono rivolti a tutte le fasi dell'emarginazione e del disagio: dai carcerati ai malati compulsivi da slot machine, e anche ludopatici da Gratta e Vinci. I risultati sono sorprendenti».

«Ma insomma, che vorreste fare, portare qualche barbone a cavallo?».

«Beh, non è solo questo. Si tratta di stabilire un rapporto di cura reciproca fra il cavallo e la persona. Anche il cavallo prova disagio, sia individuale che sociale. E i cavalli di cui parliamo non sono cavalli normali: sono cavalli disagiati, sfruttati e abbandonati, malati, sequestrati. Questi hanno bisogno di cure, e l'essere umano che le presta ritrova la sua identità, anche professionale, volendo, nel rapporto col cavallo».

«Ma lei mi prende in giro?».

L'operatrice, che si era preparato il discorsetto a mente, spulciando su internet, a questa domanda diretta non seppe cosa rispondere.

«No, non penso proprio».

Franzes cercava di riportare il discorso su basi pratiche.

«Insomma, voi portate le persone a badare ai cavalli, perché non avete personale».

«Non esattamente, la persona si occupa del cavallo, e quello gli restituisce un feedback inclusivo, in un certo senso è il cavallo che si prende cura della persona».

«Allora è vero che mi prende per il culo. Il cavallo che si prende cura della persona?».

«Per ora ci vorremmo limitare alla fase di maternage. Una prima conoscenza. Senza impegno. Ci sono persone che non hanno mai visto un cavallo».

«Le garantisco che qui ci sono almeno quattro o cinque individui che con i cavalli hanno avuto qualcosa a che fare. Ma detto fra noi ai vostri cavalli non glieli consiglierei. Sono della vecchia guardia, e vengono da paesi in cui il cavallo non è molto rispettato. Comunque, veniamo al sodo. Di che cifra si parla? Qual è il budget, e qual è la mia percentuale?».

«Non capisco, a cosa si riferisce? Budget? Percentuale?».

«Allora signorina, stia bene a sentire. In questo posto arrivano tutti i giorni associazioni come la vostra. Sono cooperative di volontari che vogliono lanciare "progetti". C'è l'associazione Senzatetto muratori, c'è quella che ne vuol fare degli Artigiani, quella che li vuole integrare nel sistema sanitario, per non parlare di tutte quelle dei preti. Noi qui, invece, cerchiamo di mantenere la nostra identità. Siamo dei senzatetto, non ce ne vergogniamo, e ci piace conservare la scelta. Non abbiamo nessuna voglia di essere inclusi. Soprattutto se si tratta di badare ai cavalli, di coltivare un orto, o di alzare un muro. E le vostre associazioni ci vogliono coinvolgere soltanto per farsi un po' di pubblicità, e per raggranellare fondi pubblici o di beneficenza. Ma abbiamo la nostra etica, e io ne sono il testimone ufficiale. Allora mi parli di che cifra siete disposti a sborsare, altrimenti, amici come prima».

Gli associazionisti erano un po' disorientati, pensavano che quei barboni avrebbero fatto ponti d'oro all'idea di passare qualche giorno in campagna, con vitto e alloggio gratis, e invece sollevavano difficoltà, addirittura rivendicavano la loro esclusione e non la vedevano minimamente come un problema. Il vero problema era un altro, e Franzes, che come rappresentante di categoria ci sapeva fare (quando faceva l'imprenditore aveva avuto mille volte da trattare con scafati sindacalisti), venne al sodo.

«Facciamo così. Voi versate 20 euro cadauno, al giorno, per i soggetti che vi segnaleremo come adatti all'esperimento. Comincerei con cinque individui per tre giorni. Insomma, se anticipate 300 euro, ovviamente netti, iniziamo a parlare. Ma voi prevedete un'assicurazione per i partecipanti? E se montano sul cavallo che li disarciona e si fanno male? Mi immagino che su tutto questo genere di aspetti siate già abbondantemente coperti, altrimenti. E se un bambino picchia la testa?».

«Beh, insomma, non ci aspettavamo...».

Franzes capì che con quelli lì non ne sarebbe venuto fuori niente di buono.

«Adesso vi devo lasciare, ho degli impegni» disse sbrigativo. «Tornate con una proposta di budget, altrimenti statevene a casa vostra».

La piccola comitiva se ne andò, e Franzes riprese posizione nella sua tenda. Non aveva ancora risolto il problema della parrucca. Sentiva che avrebbe dovuto liberarsene, ma anche che adesso tutti gli inquilini sapevano della parrucca rossa, Parandellà aveva la bocca larga. Inoltre l'oggetto aveva un valore: poteva gettarla alle ortiche? Se Rekka Parandellà gli offriva 200 euro voleva dire che poteva ricavarci almeno il doppio. Altro che ippoterapia.

Tornò nella sua tenda, una cosa da fare subito era quella di strappare o tagliare via l'etichetta dalla parrucca, non si sa mai. Nel cassetto dove teneva le posate (sì, aveva anche un cassetto del genere) cercò le forbici. Rovistò un po', ma le forbici non vennero fuori.

La sua attenzione però fu attratta da un altro oggetto, che non gli era familiare. Era un coltello da cucina, di buona fattura, con lama in acciaio inossidabile, diciamo un coltello da pizza, o da carne, probabilmente fregato in un ristorante d'ordine non infimo. La caratteristica peculiare di questo coltello era che la lama era colorata di un rosso bruno, quasi marrone, come sangue secco. Sbalordito lo estrasse dal cassetto e prese a rimirarlo, cercando una fonte di illuminazione.

In quel momento entrò nella tenda Turbe, con un giornale sottobraccio.

«Ti ho detto mille volte che quando entri devi bussare!».

«Ma dove busso? Non c'è mica la porta, hi hi hi».

«E allora chiedi permesso, idiota. Chi ti ha detto di entrare?».

Franzes impugnava il coltello mantenendolo in alto, come se dovesse pugnalare qualcuno. Con l'occhio sbarrato dell'inconsapevole cercava ancora una volta di ricordare. Turbe lo guardava perplesso. Non poteva immaginare il livello di turbamento del suo capo, che era elevatissimo. Un uomo come lui, che anche quando era completamente ubriaco manteneva un certo controllo della situazione. Ecco, quella era la parola giusta: il controllo. Adesso Franzes non ce l'aveva più, ma come tutti quelli che sanno cosa vuol dire controllo, era consapevole che la cosa più importante è che gli altri credano che tu ce l'abbia, e quindi disse: «Mi vogliono fare fesso», frase che va sempre bene e che sottintende che tu fesso non lo sia. Eppure temeva di aver combinato qualcosa di brutto, già prima di sapere la notizia dal giornale.

5
La lettura del giornale

Franzes decise di farsi la barba. L'atto di farsi la barba dimostra di per sé un elevato livello di tranquillità interiore, come se uno se ne fottesse altamente di tutto quello che può succedere.

Però mentre uno si fa la barba è costretto a pensare: sono i momenti in cui si riflette meglio, insieme a quelli della defecazione. Ma con quei maledetti cessi alla turca era difficile riflettere, anche se gli esperti sostengono che sono i migliori per permettere una corretta posizione, somigliante a quella che per date funzioni assumeva l'uomo preistorico, che con tutta probabilità non li sfruttava per leggere un dépliant, e neanche per fare l'equivalente di allora della «Settimana Enigmistica». Forse l'uomo preistorico si distraeva rimirando il panorama, o gli agenti atmosferici, perché, credeva Franzes, quell'operazione, volenti o nolenti, andava fatta all'aperto.

Inoltre per uno come lui, che la barba se la faceva raramente, se no che barbone era, l'atto di radersi, anche se inconsapevolmente, aveva sempre una valenza precisa, quella di cambiare faccia, per rendersi più difficilmente riconoscibile. E chi sa che non fosse meglio per lui, qualsiasi cosa avesse combinato, rendersi irriconoscibile?

Comunque gli era inevitabile, radendosi, ripensare alla parrucca di capelli rossi. Si poneva la solita domanda una volta di più: a chi poteva averla sottratta? Alla stessa persona che era proprietaria delle scarpe rosa? O magari aveva trovato una borsa, una valigia, che conteneva questi oggetti? Ecco, quest'ipotesi gli sembrava verosimile, soprattutto se combinata col ritrovamento del coltello insanguinato. Ma le mani sporche di sangue? E la camicia?

A questo pensiero destabilizzante Franzes riuscì a tagliarsi, perfino con un rasoio BIC usa e getta, da tanto che era nervoso. Ma era vita quella?

Mentre si asciugava con un panno lurido Turbe si sedette sulla poltrona, leggendo il giornale...

Il vecchio ogni tanto commentava: «Hi hi hi». Sfogliava il quotidiano con signorilità e distacco, con due paia di occhiali, uno sopra l'altro.

«Hi hi hi».

«Vuoi finirla con quell'hi hi hi? Mi dai ai nervi».

«Va bene, smetto subito, hi hi hi».

Era immerso nella lettura. Franzes cercò di pensare a qualcosa che gli migliorasse l'umore. In fondo gli affari andavano bene, l'ultimo incasso non era male, e poi c'erano quei centocinquanta euro piovuti dal cielo, e forse da quegli imbecilli dell'ippoterapia qualcosa poteva venirne fuori.

A proposito, pensò, bisogna che vada in banca a versare, ho troppo contante addosso. Lui il contante lo teneva sempre con sé, dentro un'apposita cintura portasoldi che aveva trovato sul corpo del suo predecessore, il famoso Inglese, quando questi, purtroppo, era passato a miglior vita. L'Inglese era così chiamato perché era di origini anglosassoni, e pur avendo passato oltre quarant'anni in Italia non si può dire che avesse perso l'accento. Barbone di vecchio stampo, pareva un personaggio alla Dickens: vestito di scuro con una specie di bombetta, portava sempre un cravattino a farfalla, e per le strade suonava il violino, malamente, e l'armonica a bocca, intonando ballate e lasciandosi andare a monologhi lunghissimi in una lingua incomprensibile. Che fosse gallese? Di solito svernava nei paesi caldi, vale a dire Napoli, Palermo, Sperlonga. Aveva un gran difetto, non si fidava di nessun sistema sanitario, si rifiutava di andare al Pronto Soccorso. Malauguratamente a partire da un'infezione localizzata gli andò in cancrena tutta la gamba. Era una pena stargli vicino perché la gamba puzzava come un cadavere. Lui si curava col suo antidolorifico, vale a dire l'alcol etilico, ma finì per soccombere.

Quando lo trovarono morto gli abitanti dello stanzone si divisero i suoi beni, chi prese il violino, chi l'armonica, chi altre suppellettili. Franzes ebbe la cintura portasoldi, per ricordo, ma si badi bene, i soldi che c'erano dentro furono utilizzati per comprare una corona di fiori.

Ah, che tempi.

Franzes si era distratto, a forza di ricordare. Comunque, sì, disponeva di un conto corrente, presso le Poste Italiane.

Turbe era sempre lì, a leggere il giornale.

«Ehi, Franzes, senti questa notizia, magari ti interessa, hi hi hi».

«A me non mi interessa nessuna notizia».

Turbe continuava a leggiucchiare.

«Allora senti questo, hi hi hi... "Mistero assoluto sul delitto di via Lurcini. Ieri mattina in un appartamento di via Lurcini si è consumato un terribile delitto. È stato ritrovato il corpo di una donna, morta, con la gola tagliata. La denuncia è arrivata da alcuni vicini, che alle quattro di notte hanno udito delle grida provenire da un appartamento nello stesso pianerottolo". Sentito, Franzes? Hi hi hi».

«Ho sentito, sì. Solite storie. Vai avanti».

«"... La polizia è arrivata a quanto pare circa venti minuti dopo, per aprire la porta d'ingresso sono dovuti intervenire i vigili del fuoco. La scena che si è presentata agli agenti era raccapricciante. Sangue a fiumi dappertutto, e il cadavere della donna, seminuda, riverso sul pavimento col collo aperto. Risulta che l'appartamento fosse occupato occasionalmente da affittuari per brevi periodi. L'identità della donna, di circa trentacinque anni, è sconosciuta, non sono stati trovati documenti nel locale, e nemmeno valori. (Hi hi hi). Probabilmente gli assassini hanno portato via tutto, il che non esclude che il motivo dell'orribile delitto fosse la rapina"».

Franzes si massaggiava il viso tagliuzzato, cospargendosi con una specie di dopobarba che aveva trovato nell'immondizia, e si avvicinò a Turbe. Qualcosa gli suonava storto.

«"Un particolare degno di nota è che la donna era completamente calva: per ora se ne ignorano le cause. Circostanza rilevante è che era stata vista dai vicini con una fluente chioma fulva. Evidentemente una parrucca che però non è stata ritrovata nell'appartamento. Altro fatto misterioso: sul luogo del delitto non sono state reperite scarpe, né maschili né femminili. (Hi hi hi). Il che fa pensare che il ladro omicida le abbia rubate. Forse che quelle calzature possono in qualche modo costituire un indizio, portare le indagini nella direzione dei colpevoli? Se non è così perché i criminali le hanno sottratte, insieme alla parrucca?". Mica male, eh, Franzes? Hi hi hi».

Franzes era diventato pallido, si era bloccato, come congelato.

«Dai, finisci di leggere, sciopà!».

«"Non è stata ancora ritrovata l'arma del delitto, un'affilata lama, probabilmente un coltello o un rasoio. Si sta indagando sull'identità della donna: a quanto dicono i vicini che l'hanno vista entrare era una elegante turista di nazionalità straniera, ma non americana o inglese, piuttosto proveniente da qualche paese del Nord Europa. Il proprietario dell'appartamento non ha voluto rilasciare dichiarazioni"».

«Dammi quel giornale, mona! Fammi vedere! Possibile che non ci siano altre notizie? E le indagini a che punto sono?».

Franzes strappò di mano il quotidiano a Turbe e rilesse furiosamente l'articolo. No, altre notizie non ce n'erano. Il fatto era avvenuto nella notte, e quindi le notizie disponibili prima che il giornale andasse in stampa erano poche e frammentarie. Ma la scientifica avrebbe presto trovato impronte e altri indizi, ricostruito le mosse della turista prima che fosse uccisa.

«Togliti da quella poltrona ed esci di qui» intimò a Turbe.

Quello, con calma, se ne andò, ridacchiando, lui chiuse la tenda ermeticamente e si lasciò andare sulla poltrona.

Sono in un bel guaio, pensò. E adesso che faccio?

A questo punto il quadro cominciava a delinearsi. Non un particolare che non andasse a posto, tutto era ormai chiaro. Non c'era da perdere tempo. Bisognava far sparire immediatamente tutti i reperti compromettenti, a partire dal coltellaccio. Raccolse gli oggetti incriminati: le scarpe, la parrucca, i soldi, la carta di credito.

Già, sulla carta c'era il nome del titolare, però in cirillico, o quello che era. A Franzes venne un'idea. Uscì dalla tenda e andò a cercare il Baba, che era l'unico membro del suo clan che non uscisse mai. Aveva un'età sufficientemente elevata per aver conosciuto il dominio sovietico, da qualsiasi parte dell'Impero provenisse. Lo trovò che fumava una specie di narghilè artigianale, costruito a partire da una bottiglia di Vecchia Romagna.

Gli sottopose la carta di credito.

«Cosa c'è scritto qui?».

Il Baba non capiva l'italiano, ma prese in mano la carta e la scrutò. Non doveva essere un uomo di studi, eppure lesse le lettere una a una, alla fine pronunciò nome e cognome: Liudmila Scerbanenko. Dopodiché guardò Franzes con espressione interrogativa.

Quello stava già riflettendo a tutta forza. Parrebbe una russa, ma non si può mai sapere.

Baba fece un cenno che voleva dire: almeno dammi una sigaretta. Franzes tirò fuori dal taschino un pacchetto consunto che di sigarette ne conteneva due. Lo consegnò.

Tornò nel suo attendamento e recuperò il coltello insanguinato, le scarpe e la parrucca.

Mentre stava cercando di organizzarsi arrivarono due sconosciuti nel locale, due tipi fighetti vestiti di nero che si guardavano intorno: che cercavano? Stanno cercando me? Li osservò dalla finestra della Moncler, chissà se hanno a che fare con la storia della turista calva oppure se non c'entrano niente. In ogni caso Franzes capì che occorreva mostrare sicurezza.

6
A voi chi vi autorizza?

I due tipi magri, molto magri, rasati e ben vestiti, occhiali con montatura spessa e scura, in completo con giacca destrutturata sagomata e striminzita, e pantaloni a tubo piuttosto corti, maglia paricollo e scarpe scollate senza calzini, almeno visibili, si aggiravano per lo stanzone, scattando fotografie con i loro smartphone. Ogni tanto prendevano delle pano, e anche degli appunti, sempre sul cellulare.

Franzes aveva già abbastanza problemi, e nessuna voglia di occuparsi di quei due, ma doveva farlo, per forza. Inoltre aveva il timore che quelli fossero dei poliziotti, o roba del genere, venuti lì a svolgere indagini. Eppure dall'aspetto tutto parevano fuori che servi dello Stato. Si avvicinò a loro e si mise a osservarli e ad ascoltarli.

Parlavano di quello che stavano progettando. Dicevano che tutti i cartoni e le suppellettili sul lato stretto di fondo andavano tolti, per ricavare un corridoio di rispetto. Poi andava trovato il modo di piazzare i riflettori, pareva che alcuni si potessero appendere al soffitto, c'erano delle longarine di ghisa che sembravano fatte apposta. Però il locale andava prima completamente svuotato, per permettere di fare gli allacciamenti. La pedana, quella sopra la quale era montata la tenda Moncler di Franzes, andava rimossa, rovinava la scena.

«Io qui metterei una quinta mascherata» disse uno dei due.

«Come come come?» interloquì Franzes avvicinandosi. «Cos'è che fate voi? Fermi fermi fermi. Chi siete, e che cosa pensate di fare?».

I due lo guardarono appena, e continuarono a parlare fra loro.

«Fermi fermi fermi, chi vi manda? Chi siete? Chi vi autorizza?».

Uno dei due si degnò di prenderlo in considerazione.

«Ma come, non lo sapete? In questo spazio ci sarà un'installazione, e uno spettacolo di teatro-danza, sulla condizione dei diseredati».

«Cosa? Un'installazione? E cosa installate, i cessi nuovi?».

«Beh, in un certo senso anche. Comunque abbiamo tutte le autorizzazioni del caso, del Comune, della Questura, delle Ferrovie dello Stato, ma lei chi è?».

Franzes cominciò ad avvertire una spiacevole sensazione, per esempio che le cose sarebbero andate a finire male.

«Alt alt alt, qui le autorizzazioni le rilascio solo io. E nessuno mi ha chiesto niente. E ora, uscite di qui, subito. Chi vi ha autorizzato a prendere delle fotografie? Vi diffido dall'utilizzarle, e se mi fate girare le balle vi distruggo i telefonini. Questa è una residenza privata, misera purchessia ma è una residenza, di svariate persone, alcune delle quali stanno dormendo. E in ogni caso io sono il responsabile della gestione sotto tutti i punti di vista. E voi qui non fate proprio niente, a meno che non troviate un accordo, anche economico, con me».

I due si misero al telefono, in sincronia, probabilmente stavano chiamando la stessa persona, il referente.

«Cosa sarebbe questa installazione?».

I due, parzialmente disgustati dall'odore di alcol che emanava Franzes, decisero che era opportuno cercare di essere accomodanti.

«È un intervento di Urs Freulerich, uno degli artisti più quotati al mondo».

«E allora?».

«Urs Freulerich ha deciso di collaborare con il grande coreografo Corrado Netzer per un progetto in questo luogo abitato da senzatetto. Il progetto si intitola *Gli Ultimi*, e vuole sensibilizzare il pubblico sulla vita degli emarginati per eccellenza, gli homeless».

«Per me può essere anche Picasso, ma se non parla con me qui non si fa nessuna installazione, come la chiama lei. Cosa intende dire, una performance? E cosa vorreste installare?».

«Ma no, l'installazione siete voi, la coreografia siete voi, quelli che abitate qui dentro. Siete voi l'opera d'arte, non conosce il modo di lavorare del Maestro? Ha già prodotto spettacoli di grande rilievo internazionale, sui disabili, sui non vedenti, sui Down, sul deficit cognitivo, sull'autismo e persino sui ludopatici».

«Non so chi sia questo Netzer, mi ricordo che c'era un giocatore di calcio tedesco che si chiamava così, ai miei tempi. Comunque adesso abbiate la compiacenza di alzare i tacchi».

«Ma come, non vi interessa, in qualità di diseredati, entrare sotto l'occhio del riflettore, diventare nuovi protagonisti? Avete idea dell'importanza del Maestro Netzer?».

«Io personalmente no, comunque diseredato sarà lei, io da mio padre ho ereditato una fabbrichetta di componentistica. Purtroppo adesso non è più mia. Però, ripeto, fatemi la cortesia di andarvene, lasciatemi il biglietto da visita e accomodatevi fuori. È l'ultima volta che ve lo dico gentilmente».

«Beh, adesso basta. Ci lasci continuare, per favore, noi qui stiamo facendo un sopralluogo nei locali. Non vede che stiamo lavorando?».

Franzes cominciò a spazientirsi. Entrò nella tenda, aprì il baule, estrasse il decespugliatore e lo mise in moto. Poi, senza dire niente, aggredì quei due damerini facendo loro assaggiare le lame taglienti dello strumento...

Quelli, terrorizzati, si dettero alla fuga, urlando e salterellando a destra e a sinistra.

Luridi stronzi, commentò fra sé e sé Franzes mentre riponeva il decespugliatore nel grosso baule. Imbecilli, come se qui non avessi niente da fare. Come se non avessi pensieri a sufficienza.

Col baule aperto ripensò a quella che al momento era la sua maggiore preoccupazione, liberarsi di tutta l'oggettistica compromettente che stava chiusa a chiave in quel contenitore, compito al quale aveva tutta l'intenzione di dedicarsi, dopo che quei due fighetti si erano dati alla fuga. Inoltre un bel comportamento aggressivo e deciso funziona sempre, per depistare.

Estrasse dal baule la parrucca, le scarpe, e soprattutto il coltello insanguinato, oltre alla carta di credito e ai 150 euro in pezzi da cinquanta.

7
Roba che scotta

Franzes sapeva che era estremamente necessario e urgente liberarsi di tutto quel materiale che rappresentava un cumulo di prove schiaccianti contro di lui.

Per prima cosa si dedicò al coltello insanguinato. Valeva la pena lavarlo o era inutile? Per non sapere né leggere né scrivere decise che era meglio lavarlo. Ovunque l'avesse gettato avrebbero potuto un domani recuperarlo, e se ci trovavano il sangue sopra, chi sa, con queste analisi del DNA. Fra l'altro lui non aveva la più pallida idea di dove quel coltello potesse averlo preso: forse nella casa della vittima, ma forse no, poteva anche darsi che se lo fosse procurato in qualche pizzeria. Non sarebbe stata la prima volta: certi ristoranti apparecchiano fuori, e nei momenti di stanca lasciano i tavoli incustoditi con posate e stoviglie. Di questo genere di beni c'era un certo mercato, per esempio i calici che Franzes aveva in tenda glieli aveva consegnati Standard al posto della rata giornaliera.

Così Franzes lavò il coltello da pizza nei cessi della stazione. Per farlo dovette pagare 0,80 euro: questo è il costo di una pisciata nelle toilette della Stazione

Centrale, roba da non credere: e poi la gente uccide la moglie. Ma in che mondo si vive?

Comunque introdusse gli spiccioli nella fessura, e lo sportello automatico si aprì. Qualche frequentatore lo guardò di traverso, uno straccione alle toilette pubbliche non è ben visto. Lui aspettò che ai lavandini non ci fosse nessuno e lavò il coltello, aiutandosi con una paglietta di ferro da pentole, autoinsaponata, che si era portato dietro. Ora il coltello era bello luccicante, come nuovo, eppure doveva disfarsene lo stesso.

Pochi passi e aveva già raggiunto l'Arno all'altezza del Ponte alla Carraia, faceva già buio. Senza farsi notare – ma come era possibile col giaccone catarifrangente –, potevano esserci delle telecamere in funzione, lasciò cadere il coltello nel fiume, cioè nella melma giallognola.

Chi avrebbe potuto ritrovarlo? Eppure non si era mai sentito così inquieto. E perché? Perché non si ricordava niente. Aveva perso il controllo della situazione. Questo non fa piacere a nessuno.

Adesso occorreva liberarsi della carta di credito. Aveva pensato di rivenderla o di cederla ma poi si era reso conto che era troppo rischioso. Quella non la poteva buttare nel fiume, probabilmente galleggiava. Meglio bruciarla. Ma dove? Si aggirò per l'Oltrarno, alla ricerca di un'idea. Trovò quello che faceva per lui. Alcuni operai stavano asfaltando un pezzetto di strada, lì accanto avevano un secchio con dentro il bitume arroventato e bruciacchiante. Franzes, mentre quelli guardavano dall'altra parte, ci buttò dentro la carta di credito. Questa si sciolse come se l'avesse infilata in un altoforno, nel giro di meno di un minuto non esisteva più. A Franzes non la si fa, pensò soddisfatto mentre riprendeva la via per tornare a casa.

E i soldi? Quei tre pezzi da cinquanta che si era ritrovato in tasca, mica doveva buttare via anche quelli? Ma no, tutto ha un limite, una bella cifra, neanche morto, piuttosto mi faccio mettere in galera. Per sicurezza comunque se li fece cambiare in pezzi da dieci da un cassiere di un bar tabacchi. Certo se cercava un modo per non dare nell'occhio non si può dire che l'avesse trovato. Il cassiere rimase ben sorpreso che un barbone, fra l'altro abbastanza noto come Franzes, volesse cambiare tre pezzi da 50 euro, e per di più in tagli più piccoli. Di solito gli accattoni pretendevano di farsi cambiare tascate di spiccioli da 1, 2 o 5 centesimi, e li scaricavano di fronte alla cassa! Invece in questo caso era il contrario. Le banconote furono controllate con la macchinetta, erano buone, il cassiere gli consegnò cinque pezzi da venti e cinque da dieci. A quel punto Franzes estrasse una manciata di monetine e si pagò un caffè, in tazza grande. Per abitudine ci aggiunse l'intero piccolo bricco di latte freddo, così si fece un caffellatte al prezzo di un caffè. Il barista non fece questioni, desiderava soltanto che quello straccione se ne andasse il più presto possibile, perché puzzava non poco e gli allontanava la clientela.

Per rendere ancora più difficile la possibilità che lo rintracciassero Franzes entrò in un altro bar tabacchi e chiese se gli cambiavano i 150 euro in pezzi da cinquanta: qui l'operazione rientrava un po' di più nella norma, però quel morto di fame dove l'aveva trovata una cifra simile? Comunque gli furono cambiati, ma una delle banconote da venti era falsa.

«Bastardo di un bastardo» sacramentava Franzes, «che grandissimo stronzo, mi ha fregato! E come li ha controllati i pezzi da cinquanta che ghe ho dato mi!». La cassiera gli cambiò soltanto cento euro.

In altri casi sarebbe tornato da quel maledetto cassiere che lo aveva fregato e lo avrebbe trattato come meritava, ma in queste circostanze era meglio non sollevare polveroni. I venti euro falsi li avrebbe piazzati altrove. Per giunta aveva ben altro da pensare.

La parrucca, che fare della parrucca?

Tornò nello stanzone a prenderla. Ma lì che stava succedendo?

C'era di nuovo agitazione. I balcanici, che per contratto erano cinque, erano diventati undici: ne erano arrivati altri sei, una famiglia intera di disgraziati con relativo Baba e altri tre bambini. Per la verità la più grande era una ragazzina sui quattordici-quindici anni, all'apparenza, ma con quella gente lì non si poteva mai sapere, magari di anni ne aveva dodici. Il loro livello di miseria era superiore a quello dei presunti parenti. I bambini erano smunti e catatonici, gli adulti dimostravano una ventina d'anni a testa più di quelli che dovevano averne. I nuovi arrivati erano stati alloggiati nello spazio riservato ai primi cinque, ma evidentemente non c'era posto per tutti, debordavano nei territori altrui, con valigie, scatole e cartoni propri. Stavano cominciando ad azzuffarsi con i vicini depauperati.

Franzes prese da parte il capofamiglia e gli fece presente che se i sei appena arrivati non toglievano le tende entro tre minuti lui li avrebbe cosparsi di benzina e poi gli avrebbe dato fuoco.

«Questo mio fratello! Non sa dove andare! Una notte soltanto!».

Per fortuna si era liberato un quadrato, i punkabbestia con i cani se ne erano andati per un paio di giorni da certi parenti sull'Appennino tosco-emiliano. Si trovò un accordo temporaneo, previo pagamento di 18 euro, anticipati, per tre giorni per sei persone. Franzes era stato più volte tentato di far pagare di più per i bambini, che rompono sempre i coglioni a tutti. Ma adesso non aveva tempo di occuparsi di queste cazzate.

«Ho da fare. Se sento un rumore siete tutti fuori nel giro di un minuto, e non restituisco gli anticipi».

Rientrò nella tenda e si chiuse dentro. Vide le scarpe rosa, appoggiate vicino al fornello, e cominciò a pensare a come liberarsi anche di quelle. Per il momento le nascose sotto il materasso, ma qui incontrò la sua camicia insanguinata. Cazzo! E questa? Se ne era completamente dimenticato...

Questa deve sparire all'istante.

Dunque dovette uscire di nuovo, dopo aver rinfagottato la camicia in una federa. E questa dove la caccio?

Fu aiutato dal destino, ai cantieri vicino alla stazione c'era un camion betoniera in funzione, stavano colando il calcestruzzo.

Con un lancio ben calibrato federa e camicia finirono dentro la betoniera, di lì a poco avrebbero costituito parte integrante di due piloni di cemento armato.

Uff, era veramente spossato, e pensare che era solo a metà dell'opera. Adesso c'era da occuparsi della parrucca. E le scarpe? Una cosa per volta.

Poteva darla all'indiana, almeno ci rimediava qualche cosa. Per motivi etici gli repelleva gettare oggetti che avevano un valore, e quello a quanto pareva ne aveva molto.

Andò a cercare la signora Parandellà Qungi Mariama, Rekka, che stava stendendo il bucato sopra il suo giaciglio.

«Do you still want the wig?» le fece Franzes, senza perdere tempo.

«Yes».

«How much can you offer?».

«You make the price, I already gave you my expertise».

«Two hundred euros cash».

«I can think about it».

«But one condition. The wig must fly directly to India. Right?».

«No problem for that».

Così la parrucca fu venduta all'indiana. Questa dette rassicurazioni e pagò in contanti, ma dove li aveva presi tutti quei soldi?

L'operazione parrucca fece perdere a Franzes un'ora buona. Qualcosa in lui pareva non quadrare. Aveva fatto la cosa giusta? Eppure la signora Rekka, a guardar bene, era l'unica persona nella quale, in quello stanzone, poneva un minimo di fiducia. E duecento euro erano una bella cifra. Li inserì nella sua cintura segreta, con gli altri soldi. Fra interviste, riscossioni eccetera aveva parecchi soldi addosso, anche questo un motivo per sentirsi poco tranquillo. Se lo avessero assalito e derubato? Via, in banca bisognava andarci.

Ma anche questa banale necessità si trasformò in una fonte di angoscia: che penseranno alle Poste del fatto che proprio adesso verso sul mio c.c. una cifra piuttosto notevole? Lo segnaleranno alle autorità?

Così dovette tornare sulla sua decisione.

Rientrò nella tenda, erano le dieci passate, estenuato. Si accomodò in poltrona ed estrasse un mezzo sigaro toscano. Recuperò una bottiglia di rum e se ne versò una bella dose in un calice da cognac proveniente da uno dei migliori bar della città. Ah, questa sì che è vita, disse a se stesso tracannando il liquore a rapide sorsate e aspirando il toscano. Ho quasi finito con quella roba, mancano solo le scarpe. Che faccio, le brucio? O le butto in un cassonetto? No, in un cassonetto no, poi qualcuno le va a riprendere. Le vado a bruciare nel cesso, ho giusto una mezza bottiglietta di benzina.

Le aveva lasciate vicino al fornello, il problema era che adesso non c'erano più.

Le cercò disperato, convinto che ormai stava perdendo per sempre la testa. Ma dove le ho messe? Eppure era certo di averle lasciate lì. Era chiaro, gliele avevano rubate apposta. Che mi vogliano ricattare? I suoi pensieri andarono direttamente a Turbe, quello meglio informato: praticamente sapeva tutto, e in più aveva intuito qualche cosa. Proprio Turbe! Non ci poteva credere: e io che l'ho sempre portato in palmo di mano.

A proposito, dov'era Turbe? Lui che aveva il compito di sorvegliare la situazione, soprattutto la tenda. Turbe non c'era.

8
Mai tornare sul luogo del delitto

Franzes dormiva male, aveva incubi ricorrenti e spaventosi. Sognò di trovarsi in una chiesa gotica, nell'oscurità, a tratti rotta dalla luce che filtrava da vetrate trecentesche. E in quella chiesa cosa c'era? C'erano centinaia di scarpe rosa con i tacchi a spillo, altissimi, quasi quanto le navate, e i tacchi sembravano crescere, allungarsi all'infinito, fino a raggiungere la sommità delle arcate a sesto acuto. E forse anche le colonne e i pilastri diventavano rosa, si facevano sempre più sottili fino a sembrare tacchi anche quelli.

Quelle scarpe da donna lo perseguitavano, non gli davano tregua. Tanto che fu vicino a commettere errori imperdonabili, per esempio a chiedere in giro, agli occupanti dello stanzone, se ne sapessero qualcosa. Loro lo sentivano durante la notte che si lamentava, cercava di gridare ma le urla erano soffocate, inibite. Eppure una notte gridò: «No, no! Non sono stato io, ridatemi le scarpe».

Si sentiva accusato per una colpa che non poteva avere, essendone assolutamente incosciente. Eppure – qualsiasi nefandezza avesse commesso – come avrebbe fatto a dimostrare che nel frangente in questione era privo di conoscenza, quindi non era responsabile delle sue azioni, ripeto, a lui ignote?

Proprio per questo si sentiva in trappola. Limitò le sue bevute quotidiane, cercò di stare sotto i due litri per die.

Ma era irrequieto. Se gli inquirenti sapevano qualcosa di lui, perché se ne stavano nascosti? Qualcuno aveva consegnato loro le scarpe rosa? Lo volevano rosolare a fuoco lento?

Tale era il suo struggimento che un giorno Franzes cedette alla tentazione ed ebbe la malsana idea di tornare sul luogo del delitto, in via Lurcini. Oddio, il verbo tornare forse non è quello più adatto, in quanto lui proprio non si ricordava di esserci stato, ma tutto faceva pensare che almeno una volta sì. Era veramente inquieto, non tanto per essersi macchiato di un delitto efferato, se lo aveva effettuato un motivo ci sarà pur stato, quanto per il fatto che nella sua testa c'era una lacuna, un vuoto totale, e questo lo faceva diventare matto, fino al punto di andare a buttare un occhio lì, cosa che, lo sapeva bene anche lui, non andrebbe mai fatta. Eppure era curioso, pensava che magari tornando sul posto si sarebbe ricordato, avrebbe avuto un'illuminazione, un flashback, d'altronde, proprio perché non sapeva cosa aveva fatto, si sentiva in balìa degli altri, in primo luogo degli investigatori.

Entrò alla Conad e acquistò una bottiglia tascabile di Stravecchio. Ne aveva bisogno. Pagò col pezzo (falso) da venti euro, e il cassiere lo accettò, incredulo, visto che conosceva bene Franzes che di solito pagava con monetine. Appena uscito con una sorsata dimezzò il contenuto della bottiglietta.

Raggiunse a piedi il posto, una viuzza in centro abbastanza dimessa. Il palazzo però era signorile, benché un po' fané. Il portone era socchiuso. Entrò dentro il palazzo di via Lurcini, numero civico 34. Salì circospetto le scale, apparentemente tutto tranquillo, sei rampe. Arrivò al piano, però l'appartamento era sigillato, sulla porta c'erano dei fogli appiccicati dalla magistratura, o dalla procura, o dalla prefettura, insomma. Nell'oscurità del pianerottolo cercò ancora una volta di ricordare ma non emerse niente, se non il terrore del vuoto medesimo. Si può vivere così? Estrasse dalla tasca del giaccone la bottiglietta di Stravecchio, la svuotò con un'altra abbondante sorsata, che non valse a mitigare la sua angoscia.

Di che cosa aveva paura? Che lo mettessero in prigione? Macché, magari fosse successo, almeno qualcosa si sarebbe chiarito e quello sfinimento e quel continuo doversi adoperare per gli altri sarebbero finiti.

Quello che lo macerava era il non sapere, e in questo non sapere era compreso l'ignorare quello che gli altri sapevano.

Voleva leggere cosa c'era scritto sugli avvisi appiccicati dalla questura (ecc.) ma aveva bisogno degli occhiali. Li cercò nella tasca interna del giaccone, ma gli occhiali non c'erano.

Orco can, dove li avrò messi? E se li avessi lasciati

in qualche luogo compromettente, per esempio nell'appartamento dell'assassinio?

Provò ad aprire la porta, aiutandosi col suo temperino. Naturalmente non si aprì, ma che mona che sono, adesso ho lasciato le mie impronte! Provò a ripulire il portone di legno, di porta invece se ne aprì un'altra, quella dell'appartamento di fronte sul pianerottolo.

«Lei chi è? Cosa cerca?».

«Io? Io niente, sono un senzatetto. Vorrebbe comprare un numero della nostra rivista, "Casa, dolce casa"?». Estrasse dalla tasca del giaccone una copia spiegazzata del penultimo numero della rivista dei senzatetto cittadini.

«Se ne vada da qui se no chiamo la polizia».

Prima di uscire dal palazzo Franzes constatò che lo Stravecchio era terminato. Una volta fuori entrò direttamente in un piccolo supermercato, di quelli gestiti dai cosiddetti indianini, e acquistò una bottiglia da mezzo litro di cognac asiatico. Lo trangugiò nel tratto da lì alla stazione. Era preoccupato, alterato, terrorizzato.

Bestia! Bestia che non sono altro! Cancaro! E se quelli mi hanno riconosciuto? Se mi hanno già visto, cosa ci vuole a spifferarlo alla polizia, e con questo giaccone qui, poi!

Imantonìo, increcoeà, mona! Ohi se son sbregà, ghe sboro!

Franzes si sarebbe strappato i capelli.

E gli occhiali? Se li ho lasciati sul luogo del delitto sono rovinato!

Entrò alla Rinascente, bisognava comprarne un paio nuovi, da + 3. Scelse una montatura completamente diversa dalla precedente, di plastica nera e grandi dimensioni, piuttosto modaiola.

Si guardò allo specchio. Come non pensarci prima. Non bastavano gli occhiali nuovi, occorreva cambiare radicalmente look. Per esempio tagliarsi i capelli, lui che era riconoscibilissimo con quella cesta filacciosa di capelli bianchi tendenti al grigio topo giallastro.

Si infilò da un parrucchiere del centro, il titolare lo guardò piuttosto schifato, mettendogli in mano una moneta da cinquanta centesimi, affinché se ne andasse in fretta. Franzes invece, continuando a sacramentare contro se stesso e contro il mondo, si mise a sedere, voleva tagliarsi i capelli. Tirò fuori due biglietti da 20 euro per mostrare che se lo poteva permettere.

Si fece fare un taglio radicale, quasi una rapa. La barba no, quella forse era meglio farsela crescere.

Il parrucchiere cercò di sbrigarsi il più presto possibile, ma il risultato fu sorprendente: Franzes sembrava veramente un'altra persona, assai più civile, specie indossando gli occhiali nuovi.

Adesso bisognava liberarsi di quel giaccone e sostituirlo con qualcos'altro. Nel baule disponeva di un cappottone di pelle scura, lungo fino a sotto le ginocchia. Glielo aveva regalato Panzer, un tedesco di Stoccarda, ma non lo aveva mai portato perché era pesantissimo, non nel senso che tenesse caldo, ma nel senso letterale, pesava più di cinque chili. Era effettivamente indistruttibile.

Quando fu nella sua tenda si liberò del giaccone fosforescente e si mise quello di pelle. Sembrava un motorista germanico della seconda guerra mondiale.

9
Quello che Turbe non si sarebbe mai aspettato

Franzes uscì dalla tenda, scosso e ubriaco, esibendo il nuovo look. L'umore era sempre pessimo.

Vide Turbe ben accomodato nella sua seggiolina.

«Alzati di lì, parassita. Quel posto è mio».

«Come vuole, o mio Sovrano, hi hi hi, ma ero qui a fare la guardia. In questo posto ci sono un bel po' di malintenzionati, che non vedono l'ora di entrare qua dentro e guardare cosa c'è».

Turbe si accorse dei cambiamenti.

«Ma guarda te, hi hi hi, come ti sei ripulito. Dove devi andare, al ballo?».

«Non rompermi i coglioni, piuttosto, tutto tranquillo?».

«Per quanto riguarda me, direi di sì, hi hi hi. Per quanto riguarda te, e chi lo sa?».

Non si capiva mai fino a che punto Turbe fosse rimbecillito, o provasse addirittura a fare il furbo, o una via di mezzo fra le due cose. Ma in quel momento a Franzes parve che Turbe volesse fare il furbo, e questo Franzes non se lo poteva permettere.

Magari quello lì per dieci euro raccontava alla persona sbagliata ciò che aveva visto e soprattutto sentito, o magari, in un accesso di follia, gli passava per la mente di farci un guadagno, ricattandolo.

«Cosa intendi dire di preciso, grandissimo infame?».

«Niente di niente. È che gli occhi ce li ho ancora buoni, hi hi hi».

«Ma che occhi buoni, hai più occhiali che euro in tasca».

«Tu no invece, dove sono finiti i tuoi occhiali di prima? Li hai persi?».

«E tu come lo sai?».

«Te l'ho detto, Turbe è uno che vede molte cose».

«E cos'è che avresti visto, con i tuoi occhi buoni, che fanno presto a diventare meno buoni, perché io, se non parli, te ne cavo uno».

Turbe estrasse un mezzo mozzicone di sigaretta e se lo accese.

«E così, hi hi, avevi le mani sporche di sangue? Hi, hi, hi, hi. Anche il giaccone?».

«Mi sono tagliato, te l'ho detto».

«Ah, e così ti sei tagliato, hi hi hi».

«Certo che mi sono tagliato, un dito».

«E come te lo sei tagliato, il dito, hi hi».

«Cassi miei come me lo sono tagliato».

«Ah, sono cazzi tuoi, hi hi».

«Guarda, Turbe, lasciami stare, oggi non è giornata».

«Ah, oggi non è giornata, hi hi hi».

«No, stammi lontano, è meglio per te».

«E quel coltello insanguinato dove l'hai trovato, hi hi hi, è con quello che ti sei tagliato?».

«Quale coltello? Non c'è nessun coltello».

«L'ho visto benissimo il coltello, hi hi».

«Ma cosa vuoi aver visto, e chi vuoi che dia credito a un mona come te?».

«Nessuno dà credito a Turbe» disse Turbe, «però questo non vuol dire che Turbe non sappia niente, hi hi hi».

Franzes stava perdendo la pazienza, ma Turbe continuava, cos'era, un ricatto?

«Per non parlare di quel bel paio di scarpe rosa con i tacchi a spillo. Ti ricordi cosa diceva il giornale?».

«Le hai prese tu, maledetto, adesso capisco. Ridammele subito, sono mie. Rendimele, altrimenti...».

«Io non te le ho prese le tue scarpe rosa, Turbe non ha mai rubato niente a nessuno. Però circolano certe voci...».

Questo era troppo. Franzes decise che la cosa non poteva durare a lungo. Farsi tiranneggiare da quel mentecatto?

«Adesso levati dalle bale, e torna al tuo posto, non ho più bisogno di te».

«Ah, non hai più bisogno di me? Hi hi hi».

«Turbe, allontanati perché se no non rispondo più di quello che faccio».

«E che fai, mi ammazzi?».

Turbe non lo sapeva, ma in qualche modo aveva dato a Franzes un'idea.

Questi, in tenda, pensò con la rapidità del fulmine: se Turbe è rincoglionito, non sarà difficile per la polizia farlo parlare e lui sa troppo; se non è rincoglionito chi mi assicura che questo non mi tradisce, oppure mette in piedi un ricatto? Adesso lui tutto sommato mi sottovaluta, pensa di tenermi per le palle, questo grandissimo stronzo. Crede di fare il furbo, e pensa che io sia terrorizzato. Non si aspetterebbe mai un gesto radicale: e dunque sarebbe il momento adatto per compierlo.

Franzes aveva la gola secca. Ripescò una bottiglia di Amaretto di Saronno e ne bevve a garganella. Ma che schifo, ma come fanno a bere quella roba, e poi non ha gradazione, ci voleva ben altro. Cercò ancora nel baule e la trovò. Era una fiaschetta impagliata di Centerbe, il liquido aveva un colore verde mela che incuteva timore, e senz'altro più di 70 gradi.

Ne dette una sorsata. Ecco, questo sì. I sensi cominciarono a viaggiare a tutto motore.

Lurido bastardo!

Un altro sorso: pesso de merda, chi ta cagà!

Al terzo era carico al punto giusto.

Aspettò che il vecchio si accomodasse nel suo posto letto.

Approfittò di un momento tranquillo, che nello stanzone non ci fosse nessuno in vista, quindi soppresse Turbe mentre stava prendendo sonno, soffocandolo con un cuscino sfondato.

Turbe se ne andò all'altro mondo in poche decine di secondi, meno del previsto. Le sue ultime parole furono: «Hi hi hi». Quello stronzo aveva mangiato la foglia e voleva fare il furbo. Ma pensava di farla a Franzes? Che carogna, che irriconoscente!

Franzes lasciò il cadavere sepolto da un mucchio di coperte, stava arrivando gente, rientrò nella sua tenda e si chiuse dentro, per quanto possibile. Si versò una dose abbondante di Centerbe. Ma perché la vita è così difficile?

Stavano rientrando i balcanici, tutti e dodici. Avevano con sé tre grosse galline vive, che chissà a chi avevano sottratto. Era in programma una grande festa! Istruiti dall'episodio precedente, decisi a non voler riassaggiare il decespugliatore, seguirono il regolamento del condominio alla lettera. Dopo aver tirato il collo ai volatili con un certo mestiere, li spennarono, sul marciapiede. Poi attrezzarono il barbecue su un piastrellato adiacente allo stabile.

La cena fu allestita all'interno: furono invitati i punkabbestia, tornati da poco, come atto di riconciliazione, Standard, che però era assente, Al Hamdulallah e gli Innamoratini, che fornirono la radiolina per fare un po' di musica. Il pater familias dei balcanici impiegò diversi minuti per trovare una stazione radiofonica idonea, sulle onde corte, Radio Plovdiv. Sarebbe stato invitato anche Turbe, che però non rispose, e naturalmente anche Franzes, che declinò l'invito, sostenendo di avere mal di testa. I balcanici ci rimasero male, per loro un invito era sacro. Gli indiani, nonostante loro il pollo lo mangiassero e come, ostentatamente non vennero invitati.

I polli arrosto erano veramente sopraffini! In effetti forse erano un pochino troppo speziati. Saltarono fuori bottiglie di liquore tipico bosniaco, una rakija Lozovača, a base di uva.

Radio Plovdiv trasmetteva brani intonati alla circostanza, a un certo punto il pater familias accennò qualche passo di danza con la figlia maggiore, anni undici. Fu una serata spensierata, per tutti tranne che per uno.

Franzes, dalla sua tenda, in qualche modo partecipava alla cena, tendeva l'orecchio, nel suo intimo era avvolto in nuove preoccupazioni. E adesso che ne faccio del cadavere? Cadavere che fra l'altro giaceva a pochi metri dai festanti. Non ci aveva mica pensato. Cominciò a immaginarsi le soluzioni più semplici e ovvie: buttarlo in Arno, lasciarlo in un cantiere, infilarlo nella calce viva, nella soda caustica. Oppure seppellirlo da qualche parte, in un campo. O perché no, depositarlo su un binario ferroviario, proprio di fronte, sperando che qualche treno ci passasse sopra. Così si sarebbe pensato a un malaugurato incidente, o a un suicidio. Ma chi, fra coloro che lo conoscevano, avrebbe mai creduto possibile che Turbe si togliesse la vita?

Comunque tutto ciò presupponeva che Franzes riuscisse a spostare il corpo da solo, caricandoselo sulla schiena, o procurandosi una carriola, o un carrello della Coop o della Conad.

Nello stanzone ce n'erano più di uno, ma i legittimi proprietari li assicuravano col lucchetto per evitare che glieli fregassero. Quindi avrebbe dovuto chiederne uno in prestito, il che, data la situazione, era proprio da evitare.

In alternativa poteva sottrarre un carrello di quelli della stazione, per i bagagli. Ma come fare a uscire, a scendere gli scalini, a raggiungere il posto adatto, magari dovendo percorrere chilometri, con un cadavere addosso o nel carrello, e il tutto senza farsi notare?

Si scervellò per un bel po', poi si batté una mano sulla fronte e si dette dell'imbecille.

La cena era arrivata alla panna cotta, provvista da Al Hamdulallah.

«Mona che non sono altro!» disse a voce alta Franses, senza peraltro attirare l'attenzione di alcuno.

Questo lo lascio dov'è, come se fosse morto di morte naturale. L'età per morire da solo ce l'ha in abbondanza. Prima o poi qualcuno se ne accorgerà, e chi mai andrà a pensare che non è morto senza aiuti? A chi potrà mai venire in mente di fargli l'autopsia? E anche se gliela facessero, come fanno a distinguere una crisi respiratoria da un'altra? Non sarebbe mica la prima volta che qualcuno muore qui dentro. Ce ne sono già stati almeno due di decessi. Li hanno presi e portati via, e nessuno ne ha più saputo niente.

Così decise di lasciarlo nel suo giaciglio, sotto il cumulo di coperte. In realtà ci sarebbero voluti più giorni del previsto prima che qualcuno se ne accorgesse. Anche ai primi cattivi odori nessuno ci avrebbe fatto troppo caso, non si discostavano molto da quelli normali, o da quelli che provenivano dalle latrine. A un certo punto però il tanfo divenne tale che qualcuno andò a vedere. Trovarono il Turbe in cattive condizioni. In pochi secondi tutti i suoi effetti personali, almeno quelli di un minimo interesse, compresi 12 euro e un anello certamente non d'oro, scomparvero. Poi fu chiamato il 118, dicendo che c'era uno che stava male.

In effetti nessuno pensò che fosse necessaria l'autopsia. Per la verità all'obitorio il giovane medico che dichiarò il decesso avvenuto provò a fare la richiesta al magistrato. Sperava di essere lui l'incaricato, considerando che un'autopsia viene pagata circa 500 euro. Ma quel medico i 500 euro li avrebbe dovuti rimediare in un altro modo.

10
In preparazione del grande evento artistico

Non vale la pena di parlare dei funerali di Turbe, che non si tennero. Non si sa che fine fece la sua salma, speriamo che almeno si sia rivelata di qualche utilità per la comunità scientifica, ma probabilmente non andò così, visto come l'aveva lasciata ai posteri.

Il posto di Turbe venne preso da un grosso homeless tedesco: Franzes lo sottopose a un interrogatorio che si svolse in più lingue, un po' in italiano, un po' in tedesco (quando lavorava in azienda se la cavava ma adesso aveva perso l'esercizio) e in inglese. Insomma il tedescone, un colosso sui cinquanta, sembrava avere le carte in regola: dopo un apprendistato ad Amburgo e a Brema si era fatto cinque anni a Parigi, infatti parlava il francese, poi da qualche tempo era a Roma, biascicava un po' di italiano con accento dell'Urbe. Ma Roma non gli piaceva.

Sosteneva di aver attraversato tutto il mondo o quasi a piedi, se ne stava sempre per i fatti suoi, un ospite ideale. Non utilizzava i servizi igienici e tutti i giorni usciva dallo stanzone e restava fuori per parecchie ore. Quando tornava sembrava pulito e profumato, forse andava al diurno. Comunque batteva zone diverse dagli altri, nessuno lo incontrò mai, in giro.

Il tedesco pagò ben quindici giorni di anticipo, e non aveva cani o altre rogne. Beveva una quindicina di birre da una pinta al giorno. Sì, russava molto forte, ma in certi contesti non ci si può formalizzare più di tanto.

C'è da aggiungere che nei giorni successivi le scarpe rosa non ricomparvero, Franzes talvolta tendeva a dimenticarsene, talaltra era preso dall'angoscia e le cercava dappertutto. Dipendeva dal tasso alcolico. Comunque non le trovò, chissà in quali mani, o piedi, si trovavano adesso.

Invece ricomparve all'orizzonte il progetto dell'installazione artistica, lo spettacolo di danza che il grande coreografo voleva a ogni costo.

Dopo l'aggressione ai due organizzatori-ispettori ci volle qualche tempo perché ci potesse essere un incontro formale fra Franzes e le autorità del Comune, comprese le due assistenti sociali con cui di solito trattava.

Le due stentarono a riconoscerlo. Capello rasato in stile nordico, pastrano di pelle, occhiali trendy, viso scavato e barba argentata di sette giorni, Franzes adesso aveva un aspetto da artista off berlinese più che da homeless. Insieme alle delegate del Comune c'erano svariate persone, Franzes le fece accomodare su seggioline pieghevoli procurate dai balcanici.

Insomma, venne fuori il quadro del progetto, che consisteva principalmente nella realizzazione di uno spettacolo nei locali cosiddetti «lo stanzone», ovvero il regno di Franzes.

«È un'opera di importanza mondiale, una rilettura del *Discorso della montagna* dal Vangelo di San Luca in chiave moderna».

Franzes espresse lo sguardo più interrogativo che aveva a disposizione.

«Si tratta di una "visione scenico-coreografica" del Maestro Corrado Netzer, che ruota intorno a un'opera di Urs Freulerich, conoscete senz'altro il grande artista, che ha esposto in altri contesti del genere a Brema, Bilbao e Helsinki».

Franzes, che si considerava un artista a pieno titolo, fece capire che con lui sfondavano una porta aperta. Ma con l'arte contemporanea non si trovava a suo agio, anche se era a conoscenza del fatto che giravano dei bei soldi attorno a delle immonde troiate, almeno secondo il suo parere.

«Il Maestro vuole che gli homeless, cioè voi, siano parte integrante della coreografia, dove balleranno artiste professioniste. Sarete coinvolti in varie sedute di prove per arrivare al risultato, non vi preoccupate. In sala l'ensemble Artstücke di Berlino eseguirà dal vivo musiche originali di Van Hosy in prima assoluta mondiale. Un evento di notevolissima rilevanza internazionale, che vuole rilanciare la città, fossilizzata nella sua aura rinascimentale. È un'opera sul rifiuto, sul NO, e su una nuova presa di coscienza».

Franzes ascoltava in silenzio quei mentecatti, ma a giudicare dalle apparenze di soldi ne circolavano parecchi. Almeno qualche decina di migliaia di euro.

In questo Franzes si sbagliava di grosso, perché il budget dell'evento, per il quale erano previste repliche in luoghi analoghi in tutta Europa, assommava a svariate centinaia di migliaia.

«Sì, ma a noi che ce ne viene?» fu quello che ebbe da dire Franzes, alla fine del lungo ragionamento dell'incaricato.

«Beh, a parte la partecipazione all'evento in sé, a ogni "comparsa" senzatetto è garantito un gettone di 100 euro, poi la produzione affronterà i costi di molti lavori di miglioria che riguardano questo spazio...».

«E cioè?».

«Prima di tutto sarà effettuato il restauro della vetrata che dà sui binari. Rimozione dei cartoni e sostituzione con vetri a quadratini di produzione artigianale, fra l'altro infrangibili, ineccepibili dal punto di vista filologico-architettonico. L'artista su questo è stato categorico, vuole ricostruire la visibilità dall'interno dei binari ferroviari, cioè un passaggio visivo fra la condizione dei diseredati (e ridagli con questi diseredati!) e il meccanico scambiarsi dei convogli in arrivo e in partenza, simbolo dell'indifferenza della società moderna. Ma la vetrata come separazione trasparente fra interno ed esterno rappresenta anche il diaframma fra attori e spettatori. Gli spettatori stanno fuori della vetrata, e guardano lo spettacolo che si svolge dentro, dove ci sono i senzatetto e anche i musicisti e le danzatrici, unico punto di "inclusione" in questo mondo che rifiuta, coraggiosamente, le costrizioni sociali. Spettatori assetati del disagio altrui, incuriositi in modo perverso da coloro che rifiutano il loro mondo integrato».

L'addetto stava partendo per la tangente, come se stesse parlando a un ufficio stampa, d'altronde così era abituato. Ma lo sguardo di Franzes fu inequivoco, per cui si tornò sulla terra.

«Poi è previsto il ripristino dei locali separati (attualmente adibiti a discarica) per i camerini e i locali di servizio scenico. Di seguito...». L'incaricato lesse la lista dei punti in questione, quelli che interessavano a Franzes: «Allacciamento elettrico: naturalmente per lo spettacolo occorrerà un impianto speciale provvisorio di grande potenza, ma il Comune si è impegnato a fare dei lavori in modo che la corrente elettrica resterà disponibile anche in seguito. Vi rendete conto? Potrete utilizzare un impianto elettrico, che rimarrà a disposizione degli occupanti.

«Posizionamento di 10 gabinetti chimici Sebach (la ditta Sebach è fra gli sponsor) costruiti appositamente, che esteriormente riprendono linee del razionalismo fascista.

«Bonifica e restauro dei locali di ingresso da adibire a foyer. Si intende con questo anche gli infissi, saranno ripristinati quelli originali degli anni Trenta, a cura di uno sponsor specializzato in archeologia industriale».

Franzes prendeva appunti.

«Un'ultima cosa. Il Comune è molto interessato e coinvolto in questa operazione, anche come vettore promozionale delle sue politiche sociali, che miracolosamente in questo caso possono incrociarsi con le politiche culturali: un esempio per tutta l'Europa! Quindi le autorità comunali, in sinergia con le Ferrovie dello Stato, anche loro fra gli sponsor dell'evento, sono pronte a riconoscere ufficialmente l'occupazione di quello stabile, per farne un centro permanente di accoglienza dei disagiati». Ci fu una strizzata d'occhio a Franzes, candidato numero uno per gestirlo.

Quest'ultimo aveva ascoltato in silenzio. La faccenda era grossa e c'era indubbiamente da guadagnarci. L'aspetto che più lo intrigava era quanto chiedere per i suoi servizi di intercessione e di gestione: così, a occhio, pensava a qualcosa intorno ai 5.000 euro. Però intuiva anche qualche altra cosa, e cioè che poteva trattarsi di una mossa per buttare tutti fuori, lui compreso.

A quel punto iniziarono le negoziazioni.

Franzes si dichiarò in linea di principio d'accordo sul restauro della vetrata, ok all'eliminazione di tutti i cartoni, però a una condizione. Doveva essere ben isolata, infrangibile, antiscasso, e dotata di tendaggi scuri perché altrimenti in quel locale sarebbe stato in seguito impossibile dormire.

La risposta era già pronta. I tendaggi non erano un problema, si pensava di realizzare un sipario in tessuti speciali ignifughi, lungo tutta la vetrata, a motore elettrico, che poi sarebbe rimasto sul posto.

Il negoziatore dei senzatetto proseguì, implacabile:

«Ok per l'impianto elettrico, diciamo 10 kilowatt, ma occorrono diverse derivazioni, non è che gli occupanti dovranno poi organizzarsi da soli con piattine e prolunghe che non rispettano le normative della Comunità europea».

«Non è un problema».

«Non ci troviamo invece assolutamente d'accordo sui cessi Sebach: quelli metteteli a casa vostra. I locali dispongono di bellissime latrine alla turca rivestite di mattonelline bianche originali anni Trenta, perlopiù in stato di integrità. La Sebach, visto che è tra gli sponsor, potrebbe farsi carico del loro restauro e rimessa in funzione, ripristinando l'allacciamento idrico e svuotando i pozzi neri. Potremmo dare allo sponsor l'autorizzazione ad applicare scritte promozionali sulle latrine stesse, ma solo per la durata dell'evento culturale, poi andranno rimosse. Su questo non transigo».

Gli organizzatori non avrebbero mai pensato di avere a che fare con un delegato così determinato e competente. Che non aveva finito.

«Bene per quanto riguarda il ripristino delle tre stanze sul davanti, che saranno per l'evento adibite a foyer e segreteria», Franzes già immaginava che quei tre locali, adesso impraticabili, sarebbero diventati di sua spettanza, era stufo di dormire in una tenda da campeggio. Lì avrebbe piazzato i suoi alloggi, e anche il suo ufficio, «ma che mi dite del ripristino della scalinata di accesso? Avete visto in che condizioni è? E se poi qualcuno si fa male?».

Le trattative furono lunghe, interminabili, in certi momenti si arrivò quasi alla rottura, ma Franzes era un ottimo sindacalista. Cedette solo sull'ammontare della sua quota, come atto di generosità, che fu abbassata a 2.800 euro, naturalmente al netto. Tanto era sicuro che in breve si sarebbe rifatto con altri introiti, determinati dalla rivalorizzazione dell'ambiente.

Gli organizzatori, che fra l'altro non erano neanche d'accordo sul fatto che le prove andassero pagate, si impuntarono sulla questione dei cessi, non se ne faceva di niente. Stavano per abbandonare il tavolo delle trattative. Ma qui Franzes ebbe un'idea geniale, scrisse, si fece scrivere, una mail all'artista Urs Freulerich in persona e gli spiegò l'alternativa fra gli odiosi e indubitabilmente brutti cessi Sebach, anche se riverniciati in stile anni Trenta, e l'ipotesi di ripristinare l'uso delle originali latrine di architettura costruttivista: l'artista, o chi per lui, naturalmente fu subito favorevole al restauro dei cessi alla turca, che sarebbero poi rimasti in uso ai poveri senzatetto.

Una volta terminate le negoziazioni Franzes era stravolto, esaurito, eppure ebbe la forza di convocare subito un'assemblea plenaria di tutti gli occupanti (una quarantina di persone, al momento) durante la quale spiegò la situazione: a ciascuno sarebbe stato consegnato un rimborso di 50 euro, e in più si sarebbero effettuate notevoli migliorie nel locale: elettricità, forse acqua corrente, restauro dei bagni, eliminazione dei cartoni dalle finestre, ecc. Ovviamente tutto ciò avrebbe comportato un aggiustamento nelle tariffe diurne (si pensava di aumentarle da 1 euro a 2 euro per die), e chi non ci stava poteva andarsene anche subito: «Vi garantisco che c'è una coda lunghissima di persone che vorrebbero stabilirsi qua dentro, e sono disposte a spendere anche 5 euro al giorno, forse molto di più dopo l'importantissimo evento culturale. Ma io do a voi, per generosità, il diritto di prelazione».

Nessuno disse di no, anche fra quelli che non parlavano la lingua italiana. Anzi, il progetto suscitò un certo entusiasmo: ci riprendono alla televisione? Ci sarà il buffet? Quante persone posso invitare con biglietto gratuito? E come ci dobbiamo vestire? Io una volta facevo balletto classico, ho fatto nove anni di danza. Ma quando? Eh, prima della guerra. Ma quale guerra? Io so cantare, ero baritono, può essere utile? E i cocktail, cosa è previsto come cocktail?

11
La seconda vita della parrucca fulva

Dopo gli accordi sullo spettacolo i problemi di Franzes, almeno visti dall'esterno, sembravano essere rientrati, chiunque avrebbe detto che la vita per lui scorreva normalmente in attesa del grande evento, ma purtroppo niente mai è così semplice. E delle scarpe, nonostante un lavoro ininterrotto di ricerca, nessuna notizia.

In quel momento era piazzato a un crocicchio, con la sua mercanzia: teneva un pennello in mano e blaterava in mezzo alla strada, dove aveva sistemato il cavalletto, con sopra un quadretto in esposizione riproducente una vista di piazza San Firenze. «Quindici euro, fatto a mano. Mi lo svendo. Di solito prendo 50 euro, ma oggi mi svendo tuto. Fifteen euros, fünfzehn, piatnadtsat euro».

I turisti svicolavano, sorpresi dall'abbigliamento del sedicente homeless e inorriditi dal suo odore. L'uomo pareva irritato, lui che quando aveva il culo di traverso ritrovava elementi della sua cadenza natia, veneta.

«Turisti de merda, no ve piase l'arte? Questa sì che xe vera arte, non comprate quelle schifezze che vendono i marocchini, sono fotocopie. Questi qui xe quadri a olio, sono ancora freschi, sentite l'odore della trementina?».

Teneva in mano una bottiglia di Nero d'Avola e ogni tanto ne dava grandi sorsate: era nervoso, ubriaco e aggressivo.

«Bravi turisti de merda, comprate la roba dei cinesi! Belle cagate! E venite qui, nella capitale dell'arte a comprarla?».

La maggior parte dei turisti, che effettivamente comprava le immonde riproduzioni che i magrebini stendevano per terra, lo scansava come un lebbroso.

«Ma che arte e arte! Siete venuti a Firense e dell'arte non ve ne frega un casso! Imbecilli, andate a comprarvi le scarpe di marca di Montebelluna che fanno in Vietnam».

Qualcuno ci cascava. Poi i quadretti non erano mica brutti, li faceva un ragazzo studente all'Accademia che aveva una certa mano, e che, materiali compresi, chiedeva cinque euro al pezzo. Il Ponte Vecchio, scorci del Duomo, paesaggi collinari. Franzes dal vivo faceva solo finta di completarli e li vendeva a quindici-venti euro.

«Siete tutti dei gran mona! Turisti de merda!».

Consapevole che a Firenze un simile tipo di strategia nei confronti dei turisti talvolta funziona, sbraitava a più non posso. Non si sa se recitasse o se fosse parecchio alterato davvero: comunque era la sua solita condotta, alla fine qualche gruppo di stranieri gli comprava la tela, per non sentirsi troppo in colpa. Poi la lasciavano in albergo.

Ma il suo tocco di classe in termini di strategia commerciale era il gatto: per la precisione una gatta soriana, di piccole dimensioni, di proprietà di Standard. La caratteristica peculiare di questa gatta era che stava sempre ferma ovunque la si mettesse, per cui il pittore la piazzava su un cuscino microscopico accanto al cavalletto, e quella di lì non si muoveva. Standard gliela prestava praticamente gratis, diciamo che Franzes chiudeva un occhio sui pagamenti delle rate giornaliere. Nessuno resisteva a fare una carezzina alla gatta, così alcuni venivano intrappolati e costretti all'acquisto. Inoltre l'animale aveva un effetto di dissuasione sugli agenti di polizia municipale, che si guardavano bene dal dire qualcosa a Franzes, che occupava abusivamente il suolo pubblico per un'attività commerciale non autorizzata, temevano che sarebbero intervenuti eserciti di animalisti internazionali che dei senzatetto se ne sbattono abbondantemente il cazzo, ma dei gatti randagi no, e sanno diventare aggressivi.

Fra un sorso di Nero d'Avola e l'altro qualcosa attrasse l'attenzione di Franzes.

Una donna di pelle scura, vestita in modo eccentrico, piena di paillettes e di ricami dorati, naturalmente indiana, passò davanti a lui indossando una vistosissima parrucca rossa. Franzes si stropicciò gli occhi, guardò meglio, non poteva sbagliarsi. Porca miseria, si trattava della parrucca della russa!

La faccenda non gli piaceva affatto. E se qualcuno avesse chiesto a quella zoccola da quattro soldi dove l'aveva trovata, che avrebbe risposto? E se poi l'avessero chiesto a Rekka? E se quella, messa alle strette, avesse fatto il suo nome? Le cose non stavano andando per il verso giusto.

Lo sapevo, miseria can, dovevo bruciarla quella parrucca, e festa finita. E invece sono stato avido. Ma l'avidità xe pericolosa, a me lo vogliono insegnare?

Così fu costretto a ripiegare il cavalletto, a infagottare le tele e a sbaraccare, per inseguire la donna. Infilò la gatta all'interno del cappottone di pelle, quella non fece una piega, anzi parve gradire, cominciò a fare le fusa.

L'indiana arricchita e troia passeggiava per il centro, probabilmente con l'unico scopo di sfoggiare la sua parrucca nuova di zecca. Mamma santa, la si vedeva da duecento metri, e se l'avessero notata anche i poliziotti?

Franzes la seguì, facendo in modo che lei non si accorgesse di essere pedinata. Ma quella di tutto si curava fuori che di un'ipotesi del genere.

In un paio di casi lui le si avvicinò, orecchiando. Questa parlava italiano, con accento toscano, evidentemente era in Italia da parecchio tempo, probabilmente c'era anche nata, magari figlia di un qualche commerciante, aveva disponibilità di soldi, era in giro a fare shopping, e voleva farsi ammirare, con la sua chioma fulva scintillante.

Franzes la seguì: questa ricamava strani percorsi, sostanzialmente girava avanti e indietro per le solite tre o quattro vie del centro, quelle con i negozi migliori. Non si staccava mai dal telefono, guardava le vetrine, le fotografava, chattava, il pedinatore cominciava a non poterne più, quella là batteva solo zone frequentatissime, non gli dava la minima occasione di entrare in azione.

A un certo punto, per tagliare verso piazza Signoria, la tipa prese una stradina strettissima, fuori dal grande circuito.

Franzes la superò, indossò il passamontagna per rendersi irriconoscibile, si appostò nell'oscurità e aggredì la signora. Questa si mise a urlare come un'ossessa, pensando che il criminale le volesse scippare la borsa, una Gucci, falsa ma sempre Gucci.

L'uomo la spinse dentro un portone e le tappò la bocca, questa strepitava, non voleva capirla di fare silenzio.

Che faccio, la ammazzo? si chiese lui. Ma no, a che servirebbe, e poi l'hanno vista con la parrucca rossa in testa. Meglio non rischiare. Si limitò a strappargliela dal capo. La donna rimase sorpresa e addolorata. «Dukh ke lie!» urlò lei, l'aveva pagata 400 euro, era un oggetto di valore. Quindi si scatenò in urla ancora più forti, Franzes cercava di tapparle la bocca, ma i risultati furono scarsi.

Casso! Questa la devo fare fuori per davvero.

Chi reagì male a questo evolversi della situazione fu la gatta, che uscì allo scoperto col pelo ritto e pronta a dare battaglia: si aggrappò al volto dell'indiana e pareva non avere intenzione di mollare.

A quel punto la signora, inorridita, fu presa da una crisi violenta, si strappò la gatta dal viso e fuggì via urlando.

Franzes si infilò la parrucca in tasca, pronto ad abbandonare il posto. Ma la gatta? Poteva lasciarla lì? Occorreva ritrovarla, poteva essere una prova contro di lui.

Il recupero della micia fu molto difficoltoso: questa, inviperita, si era nascosta in un buco sotto un gradino: era la gatta più tranquilla del mondo, ma tutto ha un limite. Alla fine si fece prendere, pur mantenendo il pelo drizzato e la coda gonfia.

Franzes si allontanò, facendo attenzione, camminando rasente ai muri.

Adesso però con la parrucca non c'era più da scherzare, se gliela trovavano addosso poteva essere incriminato per furto, omicidio, un altro furto e violenza aggravata. Dove buttarla?

Si rifugiò in un angolo che conosceva lui, poco frequentato, all'interno del sottopassaggio ferroviario. Qui dette fuoco a dei giornali e ci buttò sopra la parrucca: questa prese a bruciare come fosse di plastica. Allora non era vero niente che erano capelli veri?

Riprese il cammino verso casa. Era convinto che, con questa vita, prima o poi lo avrebbe colto un infarto. Si fermò in un microsupermercato, gestito per l'appunto da un cingalese, e acquistò una bottiglia di brandy indiano da quattro euro. Ne bevve immediatamente la metà. Per un verso ottenne degli effetti calmanti, per gli altri divenne ancora più eccitato e sconvolto.

Tornò estenuato nello stanzone, sperava in un po' di calma e di relax, ma quando entrò capì che ancora una volta non era il caso.

Che palle! commentò fra sé e sé Franzes, esasperato. Nell'ambiente era in corso una nuova rissa, a prima vista non si capiva chi ne fossero i partecipanti.

Si stavano prendendo per il collo Rizzitiello con il (presunto) fratello del padre dei balcanici.

Rizzitiello gridava: «Chi t'ha mmuerto, infame, non è o' vero» e le solite frasi napoletane che ormai conosciamo fino alla nausea. Il balcanico diceva la sua, impossibile qui da traslitterare, ma i toni erano piuttosto accesi. Franzes prese informazioni dalla signora Innamoratina, che con gentilezza riferì che il signor Rizzitiello aveva tentato di approfittare della ragazzina dodici-quindicenne, attirandola sotto la sua coperta. Il balcanico, che di nome faceva Darvo, li aveva scoperti in flagrante, Rizzitiello con il suo grosso membro eretto cercava di appoggiarlo da dietro alla ragazzina. Darvo aveva estratto un coltello a serramanico con la lama lunga più o meno quanto il membro del Rizzitiello, e aveva tutte le intenzioni di tagliarglielo.

Insomma, una rissa seria. Franzes era veramente allo stremo. Chiamò a sé i suoi uomini di fiducia, il Prete e Standard, e ordinò di dividere quei due. Nel frattempo andò a prendere il decespugliatore.

I due furono separati a fatica e continuavano a urlare: nel frattempo Catarì, che come molte donne italiane tendeva a pensare che se suo marito voleva cornificarla era solo per l'atteggiamento provocatorio di qualche «zoccola», se la prese con la ragazzina apostrofandola con le peggio parole, che qui non possiamo ripetere. Insomma, le voleva strappare i capelli e altro.

Che cazzo, pensava Franzes, io non ce la faccio più con questa gente...

Intervenne con il decespugliatore, questa volta non minacciò e basta, colpì imparzialmente sia Rizzitiello che il balcanico Darvo. Non si può portare una persona allo stremo. In situazione normale i due contusi sarebbero stati da portare al pronto soccorso: sanguinavano, erano pieni di lividi ed escoriazioni. Ma furono obbligati a prendere posto nelle loro rispettive aree di pernottamento, e che si leccassero le ferite da soli.

Alla fine la rissa fu sedata e si addivenne a una composizione.

Rizzitiello fu obbligato a sborsare 10 euro di indennizzo. Questi si lamentò del fatto che 10 euro li aveva già dati a quella puttanella, con la quale si era messo d'accordo, e che lui aveva pagato in anticipo. Ma di ciò non fu in grado di esporre adeguate pezze d'appoggio. Così dovette versare i 10 euro per decisione incontestabile di Franzes, e lì la faccenda finiva. Rizzitiello altri 10 euro non ce li aveva, li dovette tirare fuori Catarì, ancora mal disposta, e pronta, alla prima occasione, a tornare alla carica.

Franzes rinfoderò il decespugliatore e fece presente ai due ospiti coinvolti nell'episodio che se avessero sgarrato un'altra volta sarebbero stati buttati fuori, ma non dalla parte della strada, bensì da quella dei binari del treno.

Se ne tornò dentro la sua tenda, meditabondo.

Vide Rekka che parlava concitatamente al telefonino. La medesima dopo poco gli si avvicinò.

«Mr Franzes, what you did is not good».

«What you mean what I did?».

«You know better than me, mister».

«I did nothing».

«It is not true. You did too many things, bad things, and you owe me four hundred, otherwise the lady goes to police, because I tell her who you are and what you have done».

«Ma che dici, che cos'è che avrei fatto io? Ho solo trovato una parrucca, e tu l'hai comprata».

«You know what you did better than me, but if you dont give me back four hundred quids I talk names and you are in troubles».

«Cos'è, un ricatto?».

«If I had to blackmail you I would have asked four thousands quids».

«E perché dovresti ricattarmi?».

«Because that wig was too hot and you should have told me».

«E a te come è venuto in testa che quella parrucca scotta?».

«Somebody told me».

«Qualcuno chi?».

«Somebody who knew where the wig was coming from, and that was hot stuff».

«E chi sarebbe questo qualcuno?».

«This somebody is dead».

«Poveraccio, era vecchio, prima o poi succede a tutti».

«I do not know, I dont want to know nothing, but

if you don't give me 400 quids I may want to know. Tomorrow».

La signora chiuse la conversazione, aggiungendo che sarebbe stato meglio se, per ora, Franzes a quei quattrocento avesse aggiunto altri seicento per i danni morali e materiali alla signora, che era figlia di un importante commerciante della città, uno che aveva i milioni e che conosceva mezzo mondo. Infatti gestiva una bancarella di pelle al mercato di San Lorenzo, e pagava un trecentomila euro all'anno a colui che gli dava in locazione la licenza. Licenza per modo di dire, l'intestatario al Comune ne pagava 50 l'anno.

Franzes si chiuse nella sua tenda e finì la bottiglia di brandy indiano. Maledetti sorci! pensava, di tutti gli indiani nel loro insieme. Credono di farla a me? Con tutto quello che faccio per loro! Adesso gli scateno dietro chi so io, e vediamo come va a finire.

Già, ma doveva stare molto attento. E se quella stronza sapeva qualcosa delle scarpe? Pareva troppo sicura di sé. Tutto per quell'idiota di Turbe, pace all'anima sua.

Uscì dalla tenda e vide il grosso tedesco, ubriaco, che rientrava sbandando, e cercava di ritrovare la sua piazzuola. Urtava a destra e a manca, pestando altri ospiti, che si lamentavano. Alla fine riuscì a raggiungere la sua postazione e si buttò sul suo paglericcio, in realtà un materasso niente male, chissà dove l'aveva trovato. Si mise la borsa sotto la testa. Prima o poi, a Franzes sarebbe piaciuto sapere cosa teneva di così importante lì dentro. Un segreto?

Ah, ma se mi danno l'incarico ufficiale di stare dietro a questa baracca metterò una clausola, chi entra qui dentro deve aprire le sue borse e farmene vedere il contenuto. E anche chi esce.

12
L'Aura del Maestro

Ma non c'era molto tempo da perdere in inutili meditazioni perché la mattina dopo sarebbero iniziati i grandi lavori in preparazione dello spettacolo-evento-installazione.

In effetti fin dalle sette e mezza, orario impensabile per la totalità degli occupanti, iniziarono ad arrivare squadre di facchini, muratori, imbianchini, elettricisti, tecnici, macchinisti, vetrai, ecc.

Anche Franzes dovette rendersi operativo, per assumere il suo ruolo di responsabile delle relazioni esterno-interno.

Gli operai si misero a lavorare, come fossero presi dalla frenesia, forse avevano premura di fare il più presto possibile, per togliersi da quel posto di merda. Cominciarono dall'area che andava liberata, perché lì avrebbe preso posto l'orchestra. C'era da chiedersi: ma se l'orchestra è dentro e gli spettatori sono fuori, come fanno a sentire la musica? Semplicissimo, con un sistema di amplificazione raffinato e invisibile. I tecnici erano già all'opera.

Anche un'altra parte del locale venne liberata, dove sarebbe stato piazzato il tappeto da danza, di linoleum nero.

Gli occupanti assistevano smarriti ai preparativi. Per i più anziani maschi, come Standard e Rizzitiello, era uno spasso, lavori in corso da osservare comodamente dal proprio letto.

Fu allacciato un impianto elettrico provvisorio, da cantiere. Furono attivati alcuni riflettori che illuminarono la zona dei lavori a giorno. Altri elettricisti impiantavano quello permanente.

I vetrai sembravano diretti da Albert Speer: efficientissimi, portarono via i cartoni, e lavorando di flessibile rimossero in quattro e quattr'otto i vetri rotti e ripulirono tutto: in una giornata riportarono l'intelaiatura a grezzo, la trattarono con materiali protettivi, cominciarono a ritinteggiarla, non facevano in tempo a finire che a rotazione altri inserivano le tessere di vetro, costosissime, già pronte.

Così, alle sei del pomeriggio, l'ambiente non era più riconoscibile. I senzatetto erano strabiliati, nessuno di loro si era allontanato per le normali attività di accattonaggio o di street trading.

Poi si avvertì una certa agitazione. Arrivarono altre persone, ben vestite, fotografi, gente che non si staccava mai dal telefonino, anche un paio di operatori dotati di telecamere.

Ed ecco che alle diciotto e trenta giunse il grande coreografo. Seguito da una decina di assistenti che si muovevano dietro di lui come una nuvola danzante, il grande artista Netzer entrò, accompagnato dalla sua scintillante aureola.

Si fermò davanti all'accampamento dei senzatetto,

chiese silenzio e tutti ammutolirono, spensero i telefonini, trattennero il respiro.

Indossava un lungo cappotto nero che gli arrivava quasi fino ai piedi. Se lo tolse. Sotto portava una maglietta girocollo nera, e pantaloni altrettanto neri.

Si tolse anche le scarpe (non portava calzini) restando a piedi nudi, e penetrò nell'area occupata dagli straccioni.

Dopo un minuto o due di concentrazione cominciò a volteggiare in mezzo a quell'immondizia, saltellando per scavalcare i nastri bianchi e rossi. Era molto ispirato, come se danzasse al suono di una musica interiore: stava creando. Misurava lo spazio, ogni tanto si fermava improvvisamente, poi riprendeva, piroettando.

I senzatetto se lo aspettavano più giovane, era certamente oltre i sessant'anni, molto magro, senza capelli in testa.

C'era fra loro grande perplessità, ma l'artista emanava un'aura di grandeur. A giudizio dei diseredati non pareva un gran ballerino: i balzi che faceva non superavano i trenta centimetri di altezza, e le piroette erano soltanto abbozzate. Però l'interpretazione era ottima: tanto che si muoveva praticamente a occhi chiusi.

Fu forse per questo motivo che a un certo punto l'artista si bloccò improvvisamente. Una esitation creativa? No, l'artista si era fatto male calpestando qualcosa di appuntito, forse una puntina da disegno, un chiodo, una scheggia, che gli si era conficcato nella pianta del piede: si accasciò a terra, esibendo il suo dolore in modo molto teatrale: in un primo momento non si capì se si trattava di un infortunio oppure di un'interpretazione scenica. Ma bastò che facesse un gesto perché partisse la mobilitazione generale dei suoi assistenti e di tutto il codazzo, ai quali il Maestro mostrò la puntina conficcata nella pianta del suo piede destro. Ad alcuni parve addirittura che sulle sue labbra fosse leggibile un'imprecazione, assai triviale. Malelingue. Per fortuna il Maestro aveva piedi da contadino, robustamente rivestiti da uno strato calloso a prova di bomba: si riprese subito, neanche una stilla di sangue.

Così tornò al lavoro, impavido. Dettò qualche istruzione in gergo, prese appunti su un quadernetto, tracciò delle linee immaginarie, stava disegnando la coreografia, evidentemente. Mimò qualche gesto, ricostruì i movimenti collettivi, poi si rimise le scarpe e il cappotto.

Dunque parlò, scandendo lentamente le parole. La sua corte lo seguiva come un guru, prendendo appunti o registrando le sue parole col telefonino. Parlava a voce bassa e ispirata, a occhi chiusi, come un oracolo.

Disse che gli piaceva l'idea dei divisori fra i diseredati, i quali alla fine li avrebbero distrutti, insomma «gli ultimi» avrebbero eliminato le barriere (artificiali) che la società aveva creato anche per loro, fra di loro, come se avessero una proprietà privata, pur essendo nullatenenti.

Scorse Franzes, col suo cappottone di pelle e l'aspetto da intellettuale traviato, lo confuse per un operatore del settore. Era molto interessato al suo soprabito di pelle.

«Quanto?» chiese.
«Per cosa?».
«Per questo giaccone di pelle».
«Tremila euro» rispose Franzes.
«Ah».
Detto questo il Maestro si mosse verso l'uscita, seguito dai suoi discepoli.
Più di uno di questi strizzò l'occhio a Franzes, complimentandosi con lui per il semplice fatto che il Maestro gli aveva rivolto la parola. Ma Franzes, come sappiamo, aveva anche altre cose a cui pensare.

Le reazioni dei diseredati dopo il blitz del Maestro furono abbastanza omogenee: ammirazione mista a perplessità. Ammirazione per l'ascendente che quel signore aveva su decine di persone ben vestite, con costosi orologi al polso e capi d'abbigliamento di marca. Perplessità per tutto il resto.
Intanto i lavori continuavano, erano arrivati quelli dello spurgo, per vuotare le fosse biologiche dove andavano a scaricare i cessi alla turca. Ci vollero ben tre autobotti per svuotarle, nel frattempo una squadriglia di idraulici cercava di capire come ripristinare la fornitura di acqua corrente.
Qui forse mette conto fare una precisazione: a Firenze non esistono le fogne per le acque scure, queste vengono invece tradizionalmente scaricate in certe cisterne chiamate fosse biologiche. Gli escrementi, che diventano il cosiddetto bottino, restano, finché qualcuno non li rimuove: ciò avviene ad opera di ditte spe-

cializzate, che esistono solo a Firenze, che eseguono lo spurgo.

Comunque le operazioni procedevano a tappe forzate, insomma sembrava un'allegra macchina da guerra.

I lavori sarebbero continuati per alcuni giorni, poi avrebbero avuto inizio le famose prove.

Franzes, nonostante tutti gli impegni che aveva per l'organizzazione dello spettacolo e il resto, che tendevano a distrarlo, e nonostante l'attenzione che il Maestro in persona gli aveva riservato, non si sentiva per niente tranquillo. Voleva sapere se c'erano delle novità sull'orribile delitto di via Lurcini.

Aveva bisogno di dare un'occhiata ai quotidiani degli ultimi giorni, per questo si recò, un po' nervoso, in emeroteca, la sezione della Biblioteca Comunale dove hanno giornali e riviste. Chiese le copie della «Nazione», con la cronaca locale, degli ultimi quindici giorni. Gli fecero vedere la cassetta dove poteva trovarle.

Non era abituato a svolgere lavori da topo di biblioteca, certe volte in quei luoghi ci andava a dormire, perché ci sono dei comodissimi divanetti e un bel calduccio. Di solito quando prendeva posto notava che intorno a lui si faceva qualcosa che assomigliava a terra bruciata: poltrone libere, silenzio, scarso affollamento, a meno che non arrivasse qualcun altro di ceto sociale analogo al suo, in effetti non era l'unico al corrente della comodità di quei divanetti. Gli altri frequentatori borghesi dell'emeroteca invece si allontanavano, un po' schifati o comunque contrariati.

Franzes sfogliava i giornali ma sul caso in questione non c'era niente. Si vede che l'interesse per il delitto della russa era già scemato. Sulle pagine culturali trovò invece molte notizie sullo spettacolo epocale che era in preparazione da parte del grande coreografo Corrado Netzer. Si facevano accenni ai grandi nomi coinvolti, dall'artista Urs Freulerich, al compositore Van Hosy che aveva prodotto una minisinfonia originale per l'evento, al prestigioso corpo di ballo, al famosissimo gruppo orchestrale tedesco eccetera. Però non si davano indicazioni sull'elemento a sorpresa, vale a dire il luogo e il contesto assolutamente inedito dell'evento.

Franzes pensava a come sfruttare questa situazione. Aveva firmato un foglio in cui si impegnava a non parlare con nessuno dei preparativi dello spettacolo, se avesse sgarrato c'era in ballo una pesantissima penale. Ma penale di che, chiesta a uno che almeno ufficialmente era un nullatenente? Che fosse il caso di spifferare a pagamento qualcosa a quei giornalisti che venivano sempre a rompergli i coglioni?

Ci stava pensando, mentre continuava a sfogliare, ormai distrattamente, le pagine di cronaca locale. Ma ecco che l'occhio gli cadde su un titolo: «Il mistero della parrucca rossa».

Cazzo, pensò, e lesse l'articolo.

Si tornava sul caso dell'efferato delitto di via Lurcini, e sulla vittima, l'abbiente turista di origini ucraine. Dunque secondo l'articolo la questione centrale era la parrucca che questa signora usava indossare, non per vanità, ma perché era calva, in quanto sotto chemioterapia, per un tumore (dove? I giornali non lo dicevano). Ma non era una parrucca qualsiasi, era decisamente speciale, pagata ben 5.000 euro presso un negozio specializzato di Londra: capelli irlandesi, tagliati a una ragazzina che aveva, per bisogno, venduto la sua lunghissima chioma; sarebbe bastato anche un solo capello per riconoscerla, con un esame del DNA. E dunque, dov'era adesso questa parrucca? C'era chi assicurava di averla vista in giro, perché era inconfondibile. Era la chiave del mistero: chi ne sapeva qualcosa?

Franzes aveva bisogno di bere, estrasse dalla tasca del giaccone una bottiglia di whisky italiano, ne bevve un bel po', mentre finiva l'articolo. Ne sapeva bene lui qualcosa, ma non era mica l'unico. La parrucca non esisteva più, ma c'era qualcun altro informato dei fatti, forse pronto a parlare.

Sfogliò nervosamente i numeri dei giorni successivi, niente altro.

Un addetto della Biblioteca gli si avvicinò, avvertendolo che in quei locali non era consentito bere alcolici.

Il senzatetto, già scazzato e nervosissimo per i fatti suoi, lo mandò a fare in culo. L'addetto minacciò che avrebbe chiamato la security.

Franzes improvvisò una scenata ispirata alla correttezza politica, non era mica nato ieri.

«I vostri sono solo pregiudizi, indotti dal più profondo e radicato razzismo nei confronti della gente come me, che non ha un tetto sotto il quale dormire. E non è contemplato – se voleva sapeva affinare il suo linguaggio – che gente come noi legga il giornale, e magari anche qualche libro».

L'addetto non sapeva dove guardare.

«Non sono vestito bene? Puzzo perché non mi lavo? Credete che a me questo piaccia? No, vorrei profumare di lavanda e di rosa come voi, ma purtroppo non me lo posso permettere. Dove dormo io non c'è l'acqua corrente, e nemmeno il deodorante ascellare. E i soldi per portare i miei vestiti in lavanderia non ce li ho, me li date voi? E anche se li potessi portare in lavanderia, cosa altro mi metto mentre aspetto? Ma tutto ciò significa che mi sono preclusi i ponti della Cultura?».

L'addetto non sapeva assolutamente come comportarsi, i frequentatori della biblioteca, in linea di massima persone saldamente democratiche, vacillavano nelle loro convinzioni. Per un verso lo straccione faceva schifo anche a loro, soprattutto che bevesse a garganella quell'orribile liquore, e che puzzasse come un caprone. Per un altro verso sapevano che occorre essere aperti e tolleranti nei confronti del diverso, del diseredato. Ah, avessero saputo i presenti quanto questa parola faceva innervosire Franzes... Per fortuna nessuno la pronunciò.

Comunque il nostro levò le tende da solo, aveva già abbastanza problemi per conto suo per accanirsi contro il personale, sottopagato e precario, della Biblioteca. E inoltre sapeva che doveva darsi da fare, non c'era tempo da perdere.

13
Rito funebre hindù alle Cascine

Franzes sentiva che la sua esistenza era appesa a un filo. In certi momenti della sua vita l'ipotesi di finire in galera gli era parsa addirittura una soluzione auspicabile: vitto e alloggio e assistenza sanitaria, che altro poteva pretendere di più? Ma erano tempi grami, da quel momento ne aveva fatta di strada, e adesso gli affari andavano a gonfie vele, come si usa dire. E si erano aperte prospettive impensate fino a poco tempo prima: un business solido e coperto.

E tutto ciò rischiava di essere compromesso da una miserabile vecchia indiana, che credeva di essere più furba di lui. E che per poco non lo metteva nei guai, solo perché si era fidato di lei. La stronza la parrucca l'aveva venduta a una sua conoscente in città, anziché spedirla in India. Per fortuna era riuscito dopo mille tribolazioni a recuperare la parrucca e a farla sparire.

Ma nonostante ciò non era affatto tranquillo, quindi decise di seguire la signora Rekka, per arrivare a un chiarimento.

La pedinò nelle sue peregrinazioni, fra enti di volontariato, Caritas, mense per poveri e altra gente. Quella vecchia frequentava un discreto giro, e secondo

Franzes di spiccioli in saccoccia ne aveva un bel po'. In fondo era lei che manteneva tutta la famiglia. Ma non solo di spiccioli abbondava, quella canaglia, disponeva di una riserva di energia insospettabile per una persona così anziana. Non si fermava mai, macinava chilometri e chilometri, gli fece fare il giro della città. Ogni tanto si fermava, ispezionava i cassonetti dell'immondizia, razzolava un po'. All'imbrunire puntò verso il parco delle Cascine, oltrepassò il ponte pedonale, continuò lungo l'argine destro.

Finalmente Rekka lo condusse nella situazione giusta: un posto isolato, nessuno in giro, buio: gli orti sociali lungo l'Arno, dove dopo una cert'ora, in quella stagione, non c'è più nessuno. Che ci andava a fare? Molto semplice, la vecchia rubava un po' di verdure: con gesti rapidi e secchi infilava nelle borse della Coop cavoli, zucche, anche qualche patata. Dalla dimestichezza che mostrava si capiva che non era la prima volta: infatti i locatari di ciascun orto sociale lamentavano regolarmente questi furti, incolpando quelli degli orti vicini.

Franzes a quel punto entrò in azione, e si pose di fronte, torcia elettrica alla mano, alla ladra di cavoli, la quale dapprima temette che fosse il proprietario dell'orto, e che l'avrebbe presa a mazzate. In fondo forse sarebbe stato meglio così, perché quando riconobbe Franzes capì che la situazione non prometteva niente di buono.

Lui disse: «Rekka, me and you we have to talk».

«What about? Did you bring the money?».

La signora non pareva entusiasta di trovare lì Franzes, che evidentemente l'aveva seguita, e che venne subito al punto. Le rimproverò di aver venduto la parrucca su piazza, cosa che non doveva assolutamente fare.

«First I want to talk about the wig».

«Yes, but I dont like to do it here».

«Why not here?».

«Because this place is a very isolated place».

«Are you scared?».

«Yes, I am very much».

«Tell me about the wig. Who did you give it?».

Probabilmente Rekka cominciò a vedersela brutta veramente, cercò di trovare una via d'uscita. Disse che ne aveva parlato con altre persone, che anche se lui l'avesse fatta fuori non avrebbe risolto niente. Invece, se lui le avesse dato quei 1.000 di cui si era parlato, lei poteva risolvere la situazione, fermare tutto, a cominciare da quella che la parrucca rossa l'aveva comprata.

Ma Rekka non era mica tanto convinta di questo controrilancio, e Franzes lo percepì come un bluff puro e semplice. Sì, poteva anche aver raccontato a qualcun altro quello che le aveva detto Turbe, ma a chi? A quei paria che frequentava? E se a Rekka fosse successo qualcosa di brutto, con che coraggio quei quattro miserabili si sarebbero messi contro di lui? Certa gente, anche se sta ai gradini inferiori, che più inferiori non ce n'è, ha paura di morire lo stesso, o perlomeno ha paura del dolore fisico. Ma Rekka poteva raccontare quello che sapeva alla polizia, il che, combinato col fatto che gli inquilini di via Lurcini lo avevano visto, non gli avrebbe dato scampo. Franzes, suo malgrado, si convinse di non avere alternative.

Così, inevitabilmente, prese una vanga da terra e la spiattellò con tutta la forza che aveva sulla testa della signora, che cadde al suolo, priva di sensi.

Si guardò intorno, occorreva pensare con rapidità e agire di conseguenza. Intravide un pallet da carico lì vicino. Gli orti sociali, che dovrebbero essere un sistema per affidare la gestione di terreni comunali in piccole parcelle a pensionati o simili, affinché li coltivino e ne abbiano cura, anche sotto il profilo estetico, assomigliano a una discarica. Gli affidatari ci portano di tutto, copertoni di camion trasformati in vasi, tettoie di eternit e materiali di risulta di ogni genere. Franzes fece molta fatica a trascinare il pallet sul greto del fiume. Ne fece meno a portare giù il leggerissimo corpo della vecchia, un fuscello. La depositò sul pancale di legno.

Quindi si procurò del combustibile (benzina agricola) che trovò sul posto e ne cosparse il corpo, non si sa se ancora vivente – pareva proprio di no – e il pallet stesso. Con l'accendino dette fuoco al tutto, e poi procedette al varo della zattera, dalla quale cominciavano già a sprigionarsi alte fiamme.

In quell'oscurità la scena non era priva di un certo fascino, la pira galleggiante in mezzo al fiume limaccioso mandava riflessi rossastri sulla superficie delle acque, pareva un funerale sul Gange.

Non contento Franzes allestì la scena come se a compiere il folle atto brutale fossero stati dei vandali razzisti. Su una capanna di legno e compensato eseguì delle scritte con una bomboletta reperita anch'essa sul posto: «Tornate a casa, bastardi».

L'idea gli venne in mente ripensando al triste episodio capitato a Standard, quella volta che certi ragazzotti di Ponte a Signa avevano tentato di dargli fuoco. Come si sa la vita del senzatetto è piena di rischi e Franzes lo sapeva bene: quei porci maiali che hanno un tetto sotto il quale vivere si divertono ad appiccare i fuochi.

Quando avrebbero scoperto la torcia umana in Arno, carbonizzata sul pallet, l'opinione pubblica si sarebbe scandalizzata: «Un'altra homeless bruciata viva». Il che non era vero, su questo Franzes ci avrebbe potuto giurare, quando le aveva dato fuoco la stronza era già morta.

Franzes nei giorni successivi non ebbe occasione di provare rimorsi. In fondo quella disgraziata aveva avuto una sepoltura secondo le sue tradizioni.

In effetti quando lungo l'Arno alcuni pescatori videro passare quella specie di feretro-pira ardente si stropicciarono gli occhi. Per di più si vedeva chiaramente che si trattava di una donna, che indossava vestiti all'indiana. Ma guarda questi immigrati che vengono qui e fanno i loro comodi come se fossero a casa loro!

Anche le autorità inquirenti pensarono che qualche membro della comunità hindi aveva avuto la bella idea di fare un funerale alla loro maniera, fra l'altro a pochi metri da dove era stato arso il corpo del defunto principe Rajaram Chuttraputti di Kolhapur, detto appunto, in modo non troppo sofisticato, l'Indiano.

La donna fu in seguito riconosciuta, grazie a un gioiello che riportava il suo nome. L'episodio fu archiviato: non era la prima volta che succedeva una cosa del genere. Però, strano usare la benzina agricola. Su qualche giornale sarebbe emersa l'ipotesi che l'anziana signora si fosse suicidata, come un bonzo. Chi aveva fatto questa assurda ipotesi evidentemente non conosceva Rekka.

In ogni caso Franzes tranquillo non lo era. C'era ancora aperta quella maledetta faccenda delle scarpe, che, se non fosse stato per le litrate di vodka, gli avrebbe impedito di dormire.

Nello stanzone intanto i lavori continuavano freneticamente: il foyer era pronto, nei tre locali immacolati, ripittati di bianco ghiaccio, affluivano pezzi di arredamento nuovi di zecca, tavoli, sedie girevoli, computer, monitor. Come per miracolo comparvero linee telefoniche presto in funzione, giovani maschi e femmine dell'ufficio stampa, della promozione, dell'ufficio rapporti esterni e pubbliche relazioni. Franzes controllava con molto scrupolo quei lavori perché aveva già stabilito che quei locali in seguito sarebbero stati suoi: ufficio, camera da letto, living-cucina. A proposito, avevano portato l'acqua corrente? Andò a parlare con gli operai.

Intanto erano cominciate le prove, parola che i teatranti usano con disinvoltura, ma che a Franzes faceva venire i brividi. Arrivarono le danzatrici, eteree e un po' anoressiche, coperte di sciarpe e scaldamuscoli, avevano sempre freddo. Fra di loro parlavano in inglese nonostante fossero quasi tutte originarie dell'Est europeo. Nessuna di loro trovò di suo gradimento i locali adibiti a camerini: fecero subito istanza per la disinfestazione, procedura richiesta anche dagli orchestrali, cioè dal loro rappresentante.

Le cosiddette prove coinvolsero anche i senzatetto, i quali cominciarono a venire informati su quello che dovevano fare. Li istruiva un assistente di terzo livello del Maestro, che spiegava loro come erano suddivisi le scene e i movimenti: indicava quali erano i segnali che dovevano riconoscere per entrare in azione, eccetera.

Per prima cosa vi fu un'audizione del tappeto sonoro, equivalente ai brani della composizione che sarebbe stata eseguita dal vivo. Gli astanti erano piuttosto perplessi, era musica quella? Non c'era né armonia né melodia, almeno secondo i balcanici, i più esperti.

Naturalmente il coreografo, il Maestro, non era presente. Le prove erano comandate dal suo assistente Numero Uno, che in assenza del Maestro si comportava come se il Maestro fosse lui, con tutti i tic e gli isterismi del caso. Indossando una tuta attillatissima scese sul tappeto, mostrando, in sintesi, i passi del primo movimento, quello che andava sotto il titolo di IL RISVEGLIO. Ovviamente si cominciava con tutte le danzatrici sdraiate per terra, se no che risveglio era?

Alle comparse, che erano tutte in piedi, assiepate davanti al tappeto di danza a curiosare, fu ordinato, col megafono, di prendere posto nei rispettivi spazi delimitati, insomma ciascuno nel suo giaciglio. Le indicazioni venivano scandite in inglese e in italiano, nonostante ciò c'era chi non capiva bene, o faceva finta di non capire. I balcanici, per esempio, restavano lì, in piedi, ammutoliti ma restii a cacciarsi sotto le coperte. Anche i coniugi Rizzitiello parevano poco propensi a ubbidire agli ordini. I bambini scorrazzavano da tutte le parti, come i cani dei punkabbestia.

Non si riusciva a cominciare, le danzatrici si lamentavano del freddo, e parevano abbastanza schifate; nonostante ciò, con professionalità, abbozzavano i passi di danza.

Presto vi fu la scenata dell'assistente Numero Uno, che se la prese con le ballerine e con le comparse. «Detesto lavorare con non professionisti!».

La prima seduta di prove fu massacrante per tutti. Alla fine il Maestro in Seconda, cioè l'assistente Numero Uno, ebbe una crisi di pianto e si sfogò contro tutti e tutto.

La scenata venne interrotta dal blitz del Maestro in persona. Quando questo arrivò, di sorpresa, il suo vice era nel pieno della scena madre e diceva: «Voi, che cosa ci fate lì al centro, non state nel mezzo, restate nei vostri posti, all'interno dell'area delimitata. E non aggiratevi come anime in pena in mezzo al palcoscenico, a questa grandissima merda di palcoscenico! Come posso Io lavorare così?».

Appena vide il Maestro però il vice dovette interrompere la scenata e ridimensionare il suo protagonismo, con una velocità sorprendente cambiò umore, divenne sereno e propositivo, tutto stava andando per il meglio.

Il Maestro non lo considerò più di tanto e disse l'esatto contrario di quanto blaterava il suo vice: i senzatetto dovevano sentirsi liberi di muoversi secondo i loro bisogni e le loro emozioni, anche se questo andava a interagire con le coreografie dei danzatori, anzi, questa interazione, che non doveva necessariamente essere programmata, era auspicabile.

A questo punto le comparse homeless non ci capivano più niente, ammesso che prima ci avessero capito qualche cosa.

«Maestro, va bene se faccio così?» chiese Al Hamdulallah assumendo una posa plastica che assomigliava a quella del ratto delle Sabine.

«Va benissimo» rispose il Maestro «tutto quello che vi sentite, anche se vi sentite di spaccare tutto».

Questa frase piacque molto ai punkabbestia.

«Davvero? Possiamo abbandonarci a degli atti, per così dire, liberatori?».

«Non è che potete, dovete!» e, alle danzatrici: «Riprendiamo da qui».

I punkabbestia avrebbero volentieri preso il Maestro alla lettera, ma Franzes comparve alle loro spalle, e bisbigliò all'orecchio che se avessero sfasciato qualcosa aveva già in mente il trattamento di tortura medievale che sarebbe toccato loro.

Paradossalmente quelli che si comportarono meglio furono i balcanici: avevano capito lo spirito e rispettavano, per cultura, il lavoro degli artisti. Anche gli Innamoratini fecero un'ottima figura. Invece assolutamente refrattario a qualsiasi tipo di partecipazione era il grosso tedesco, che continuava a bere una birra dietro l'altra: ma dove li trovava tutti quei soldi?

Comunque anche quell'estenuante giornata ebbe termine.

14
Il Prete e la suora in estasi

Alle dieci di sera operatori, coreografi, danzatrici, ecc. se n'erano andati tutti via. Si trattennero soltanto due agenti della security, a guardia del foyer e dei materiali ivi contenuti.

Anche i senzatetto, dopo il primo contatto con il duro lavoro scenico, erano stanchissimi, però non ci fu bisogno di cucinare o di ordinare un runner pizza, tutti optarono per una cena fredda.

Erano avanzati un sacco di sandwich, panini, tramezzini, e anche svariate schifezze dietetiche, che le ballerine non avevano toccato. Furono distribuiti agli occupanti, una vera festa, ce n'era per tutti, nessun bisogno di litigare.

Al Hamdulallah chiedeva in modo assillante se nei sandwich, nei tramezzini, nelle tartine, ci fosse carne di maiale. Ma questo non per eventualmente scartarla, bensì perché lui della carne di porco andava matto, il pollo, il tonno, il vitello, non gli piacevano granché.

Panini con le uova sode, maionese, pomodoro e mozzarella, c'era di tutto. Da bere però solo acqua, gli inquilini dovettero attingere alle loro riserve personali di spuma gassata, Gaiosello e Dreher.

Alle undici il banchetto era terminato, la maggior parte della gente si mise a lavorare di telefonino. Con le prese di corrente elettrica adesso era una pacchia.

In molti twittavano e postavano foto delle danzatrici su Instagram.

Franzes cercava qualche attimo di relax all'interno della sua tenda. Relax per modo di dire: dalla finestra di plastica osservava col binocolo cosa stava avvenendo nello stanzone, casomai qualcuno si facesse venire strane idee, per esempio quella di andare a dormire nei camerini, oppure nei cessi alla turca, adesso splendenti e puliti come una toilette di un albergo a cinque stelle.

Pensava alla situazione. Stava andando tutto a meraviglia, ma quelle maledette scarpe? Il pensiero gli era tornato su nello stomaco, come una cattiva digestione.

Udì dei rumori provenire dall'ingresso. Era il Prete, che non si era visto da un po'. Con lui non si poteva mai sapere, si assentava per settimane, talvolta anche per mesi. Questa volta era stato via solo alcuni giorni. In abito talare, trascinava la sua fedele valigia di cartone, si fermò esterrefatto a visionare le novità dentro lo stanzone.

«Ma che cazzo...» commentò brevemente, incredulo. Eppure non si soffermò più di tanto sui restauri inaspettati, perché aveva altro per la testa.

«Vieni, vieni, che fai?».

In effetti non era solo. Fece strada a un'altra persona. Una donna, vestita da suora.

«Vieni, dai, non resisto più».

Franzes osservava sbalordito: il Prete si era portato dietro una suora, una ragazzona di aspetto teutonico, con la quale, infoiato fino all'inverosimile, puntava a una seduta di sesso selvaggio nella sua piazzuola. Dall'urgenza che aveva, sbottonò solo una decina di bottoni, quelli all'altezza del pacco, dalla feritoia uscì un membro lungo e sottile. Anche la suora pareva decisamente orientata ad avere subito dei rapporti sessuali, lei si limitò ad alzare il sottanone. Così, in quel trionfo di sottane, si avvinghiarono l'uno all'altra senza ritegno, in un eccesso di promiscuità, almeno secondo il giudizio di qualcuno dei presenti, per esempio gli Innamoratini.

Non è che queste situazioni fossero infrequenti nello stanzone, e non c'era un regolamento che le proibisse esplicitamente. Quasi sempre si chiudeva un occhio, soprattutto se si trattava di rapporti legittimi fra marito e moglie, o in caso di conclamato fidanzamento, ma quelli stavano esagerando!

I due facevano un bordello del diavolo, i bambini li osservavano incuriositi, perché facevano molto più casino dei loro genitori, quando erano occupati in quel tipo di attività.

Franzes scuoteva la testa.

Chissà se quella lì è una vera suora, oppure se è suora quanto il Prete è un prete. Però qualcosa gli diceva che quella lì una suora lo fosse veramente, non si sa perché, una sensazione. Forse perché sbraitava cose strane, tipo: «Dammi lo spirito che è in te, sacrifica l'agnello del Signore!».

Comunque rompevano i coglioni a degli onesti lavoratori che il giorno dopo si dovevano sottoporre a un'altra massacrante seduta di prove.

Franzes uscì dal suo attendamento.

«Basta voi due! Questo non è un lupanare!».

I due neanche lo sentirono.

«Ho detto, questo non è un lupanare!».

I due ci davano dentro, ma il Prete riuscì a rispondere: «Ma-cché lu-pa-na-re, mica è un rapporto a pa-ga-men-to, vero, ma-ia-lo-na mi-a?».

«No, nes-sun pa-ga-men-to, aahh, aahh, sìììì».

Il boss tornò in tenda, indeciso se prendere il decespugliatore o se sarebbe stato sufficiente il bastone. Quelli nel frattempo arrivarono all'acme, e si rilassarono, soddisfatti. Franzes lasciò dunque perdere, in fondo era ben contento di non dover intervenire con la forza delle armi.

Sorbì un bicchiere di Stravecchio, cercando di fare il punto della situazione. Prese il suo quadernetto, per controllare lo stato dei pagamenti. Presto sarebbe cambiato tutto, le tariffe, le accomodations, gli extra.

Ma non passarono più di tre minuti che già quei due volevano ricominciare.

«E adesso che fai? Che mi vuoi fare?».

«E tu che dici?».

«Mah, mah, uahha, sei proprio... aspetta, mettiti così... no, così, uahaha».

Franzes prese il bastone e...

La mattina dopo non erano previste prove, si ricominciava alle ore 14.

A Franzes venne la pessima idea di uscire. Voleva battere i negozi che vendevano abiti usati, anche scarpe vintage, come si dice adesso, alla ricerca delle tacco dodici rosa.

Fra gli abiti usati le scarpe non hanno molto successo, come è ovvio. Chi è che ha piacere di indossare scarpe usate, magari sformate, sudate, consumate? Poi magari sono appartenute a qualcuno che non è più in vita, il che notoriamente porta sfortuna. Eppure in certi negozi di scarpe se ne trovano, magari modelli esclusivi, roba di marca, in certi casi portate una sola volta o mai.

E secondo Franzes quelle scarpe rosa erano di gran marca, e lo stronzo che gliele aveva rubate poteva averle rivendute.

Grazie alle sue abilità grafiche eseguì un disegno: c'era un particolare che le rendeva estremamente riconoscibili, e di gran pregio, di quelle scarpe lì non ce n'erano molte in giro. Si trattava di una scritta sulla suola, un nome, CASADEI.

Entrò in un negozio vintage e mostrò il disegno. La proprietaria, una sessantenne di buona famiglia un po' vintage anche lei, elegante ex fricchettona coi capelli bianchi bianchi, non ebbe molto piacere vedendo un barbone entrare nella sua boutique, che pure vendeva cenci, ma fece buon viso a cattivo gioco, sperando che se ne andasse al più presto. Guardò il disegno, riconobbe il marchio.

Fu così che Franzes scoprì che si trattava di Blade Casadei, modello 2014, che nuove vanno sui 500 euro e passa.

La signora sospettò subito che quello straccione avesse rubato, o reperito, diciamo, delle scarpe simili, e che tentasse di venderle.

«Ma chi vuole che ce le porti un paio di Casadei a noi, non certo i proprietari. Se mai è roba rubata, ma dobbiamo stare attenti, abbiamo già avuto abbastanza guai in passato. Anche se venissero a offrirmele per 10 euro, nuove di pacca, non le comprerei: non sono mica scema. E me le chiedono, sa? Vada pure in via Tornabuoni al negozio madre, vedrà che prezzi. Le russe ne vanno pazze. Ma io con quella roba non voglio avere niente a che fare, mi brucerei le mani».

Pensava di essere stata chiara.

Invece a quanto pareva lo homeless un paio di scarpe simili le cercava, le voleva comprare.

«Le lascio il mio cellulare» disse lui, «in caso le dovesse capitare l'occasione non le dia via prima di avermi consultato».

Franzes uscì, e la signora scosse la testa.

Lui avrebbe potuto fermarsi lì, ma non resistette e andò fino in via Tornabuoni, a vedere il negozio extralusso di Casadei.

Alla porta un ragazzo nero elegantissimo in varie lingue, tutte parlate con ottimo accento, gli fece presente che non era opportuno che lui entrasse lì dentro.

Franzes era tentato di fare una scenata.

«Io ho il diritto di entrare qui dentro, sono un cittadino come un altro, e lo sapete che lavoro col grande Maestro Corrado Netzer?».

Il grosso nero lo teneva a distanza, allora Franzes si sfilò la sua cintura portavalori e ne estrasse varie banconote di grosso taglio. Pezzi da cinquanta, cento, addirittura da duecento, facendoli annusare al guardiano.

«Questi puzzano? O vi vanno bene? Mi faccia parlare con il direttore!».

Le commesse erano terrorizzate, chiamarono il responsabile.

Alla fine lo lasciarono passare, per evitare lo scandalo, il direttore lo fece accomodare in un salottino sul retro, per impedire che quell'individuo imbarazzante entrasse in contatto con i clienti, che fra l'altro non c'erano, il negozio era vuoto.

Franzes fece capire che non era lì per far perdere tempo a nessuno. Chiese informazioni precise, sul modello Blade rosa, e se il negozio riprendeva indietro o sostituiva gli articoli, insomma se gli avevano riportato indietro un paio di Blade 2014.

Il direttore sospettò che quel barbone fosse un agente in incognito, o un poliziotto privato. Disse che già qualcun altro gli aveva fatto una domanda simile, qualche giorno prima.

Franzes tremò: chi era stato, un poliziotto, oppure quello che gliele aveva rubate?

Ma la politica di privacy dell'azienda era quella di non diffondere informazioni su articoli venduti nel negozio.

«Inoltre noi non riprendiamo in nessun caso modelli da noi venduti, è la regola dell'azienda. Solo in caso di difetti di fabbricazione, ma questo, alla nostra azienda, non succede MAI».

E dunque era arrivata una informazione. Qualcuno era andato lì a portargli le Blade 2014, un oggetto non comune, ma evidentemente loro non accettavano il materiale indietro.

Franzes riprese la strada di casa sconsolato. Quelle scarpe gli pendevano sulla testa come una spada di Damocle. Qualcuno le aveva con sé, e cercava di farle fruttare al massimo. Nessuno le voleva comprare? Ma quegli oggetti interessavano alla polizia.

Oddio, sono fregato, proprio adesso che gli affari cominciavano ad andare per il verso giusto...

15
L'esperienza della prova generale

L'indomani si prefigurava una giornata campale, quella della prova generale. Sarebbe stata massacrante per tutti, una occasione epica per le energie messe in campo, per i drammi, per le scenate, per il rischio che saltasse tutto, per i contrattempi tecnici, per gli atti di eroismo, per gli svenimenti, gli episodi di solidarietà, gli sforzi titanici, il sabotaggio, la crisi, e alla fine la magia dell'entrata in scena. Ne accaddero di tutti i colori, ma ovviamente della prova generale a porte chiuse non si può dire niente, segreto assoluto, gli occupanti senzatetto furono chiusi dentro, fu impedito loro di uscire, d'altronde era scritto sul contratto, che tutti avevano firmato, che durante le prove, fino al giorno della prima, non avrebbero potuto rivelare niente di quello che stavano facendo.

Così si sarebbe dovuta aspettare la Prima, per saperne di più, anche i senzatetto non parlavano, non avrebbero parlato, se interpellati: ormai si sentivano parte di quell'enormità, pur non avendoci capito niente.

Se nulla si può dire della prova generale, qualcosa si può dire della situazione nella Cabina dopo i restauri.

Ciò che era successo in pochi giorni nello stanzone al piano inferiore pareva impossibile. L'ingresso sembrava nuovo, con le vetrate restaurate, le mura rimbiancate, sembrava di essere in una galleria d'arte. Ma fuori era stato tirato un enorme tendone nero, affinché non si potesse vedere nulla.

I locali prima infrequentabili, a causa dell'ammasso di detriti, rifiuti, scarti di tutti i tipi, adesso erano diventati funzionali camerini, dotati dell'attrezzatura necessaria: specchi su tutti i lati, mensole di velluto rosso, sedie e puff, paraventi per demarcare gli spogliatoi, wi-fi. Non c'era acqua corrente perché in quei locali, originariamente destinati a uffici o portineria, non c'era mai stata, ma antichi portabacinelle, e bricchi smaltati colmi di acqua fresca e calda, affinché le danzatrici potessero detergersi.

Ma ciò che più appariva sconvolgente era la situazione dei bagni: quelle che fino a poco tempo prima erano delle orribili latrine traboccanti escrementi e rifiuti di tutti i tipi, senza più acqua corrente attivata dagli appositi sciacquoni, non più esistenti, adesso sembravano eleganti toilette rivestite di immacolate mattonelline bianche, perfettamente funzionanti e profumate di essenze di sandalo e di finocchio selvatico.

Praticamente l'unica area rimasta simile a com'era prima era la parte abitata dello stanzone, esclusa la zona per l'orchestra e il palcoscenico col tappeto di danza.

In scena i senzatetto sarebbero rimasti nei loro spazi, divisi dai nastri originali di separazione, bianchi e rossi, solo in due o tre punti sostituiti da nuovi. Allo scenografo non piacevano, avrebbe preferito un cumulo indistinto di giacigli, cartoni e masserizie, ma abbiamo visto quanto il coreografo li avesse voluti mantenere.

Era stato categorico, le unità abitative dei senzatetto non dovevano essere toccate, dovevano restare identiche a com'erano prima, quando erano stati eseguiti i rilievi fotografici.

A dire il vero c'era un'altra novità, la postazione che il Maestro si era fatto installare, per poter osservare i movimenti scenici dall'alto. Era una sorta di cabina scoperta, recuperata da una vecchia funivia dell'Abetone, issata a otto metri d'altezza e agganciata al soffitto. Era raggiungibile grazie a una scaletta di alluminio, il coreografo da lassù dava istruzioni col megafono, illuminava con un proiettore tipo occhio di bue le aree dell'azione, prendeva appunti. La struttura fu subito chiamata, amichevolmente, «il pulpito», lassù il Maestro, che indossava una scura gabbana lunga fino ai piedi, calvo e ascetico, pareva effettivamente un predicatore millenarista, pronto ad annunciare la fine del mondo.

La platea, che come si è detto si trovava all'aperto, disponeva di poco meno di duecento posti, e in questo scorcio di novembre aveva bisogno di elementi per il riscaldamento. Furono installati degli apparati di air chauffage, tipo quelli che si chiamano «funghi», utilizzati nei dehors di bar e ristoranti di un certo livello. Ma questi funghi qui erano specialissimi, praticamente invisibili, venivano dalla Finlandia. La ditta produttrice li fornì gratuitamente, garantì volentieri una sponsorship. Le sedute erano elegantissime poltroncine Frau di pelle rossa e nera per 182 spettatori. Anche la Frau risultava fra gli sponsor, ma le poltroncine erano in prestito, e assicurate contro eventuali atti vandalici.

Esternamente la palazzina della cabina era stata sommariamente riverniciata, di marrone-rosso, una tinta simile a quella originale, giusto per cancellare le ignobili scritte di writers di bassissimo livello. Il lavoro all'esterno fu piuttosto approssimativo, un maquillage, soprattutto per cancellare scritte tipo: «Sindaco = merda» oppure «Assessora leccamelo», o anche «GCM», che chissà cosa cazzo voleva dire.

La giornata fu intensa e snervante, ma per contratto non si può raccontare cosa accadde.

Dopo la prova generale erano tutti stanchissimi ed eccitati, come in trance. Furono portati vari generi di conforto: i senzatetto fecero comunella con i tecnici, peraltro tutti stranieri, davanti a cabaret di salati, e anche di dolci. Birra e vino per tutti, e atmosfera di solidarietà reciproca, a tutti piaceva rimemorare gli episodi salienti della giornata. Fra i senzatetto si dimenticarono, almeno per il momento, le solite inimicizie.

«Quando direttore luci diventato pazzo io credeva quello me voleva massare!» raccontava un balcanico.

«E ballerina che mi è finita fra braccia? Dopo si è lavata con Amuchina!» riferiva Al Hamdulallah.

E giù risate, anche solo per smaltire la carica adrenalinica. E brindisi inter-etnici, e pacche sulle spalle.

Avessero saputo che sulla stampa e sui media non si parlava d'altro! Si diffondevano programmi, interviste (laconiche), date e orari, una pubblicità capillare che pure non serviva a nessuno perché lo spettacolo, solo a inviti, non era evidentemente a disposizione, né ora né mai, del grande pubblico.

E già montavano le polemiche, probabilmente dovute in certi casi a una sapiente regia, sul megaevento che lasciava fuori, scientemente, il pubblico normale, quello pagante, ammesso che ce ne fosse uno.

Sul web le critiche vivificanti sbocciarono come le margherite o i papaveri. Non in pochi dichiararono che l'evento era schifoso, ignobile dal punto di vista etico, inconsistente da quello artistico, e mostruosamente retorico. Altri blogger invece lo difesero a spada tratta, sostenendo che per una volta che si tentava di sprovincializzare culturalmente la città, ecco che entravano in campo i soliti «poteri forti», a difesa di un'immagine becera e cristallizzata della capitale del Rinascimento.

Naturalmente nessuno di quanti intervenivano, a decine di migliaia, aveva visto neanche una prova dello spettacolo, eppure in moltissimi polemizzavano parecchio, soprattutto sul presunto budget della manifestazione, che si presumeva faraonico.

Ma così doveva andare. Sulla pagina Facebook dedicata, dal titolo Beati gli ultimi, Die Letzte gesegnet, Blessed the lasts, affluivano migliaia e migliaia di commenti, grasso che cola.

Per fortuna tutto ciò era ignoto ai senzatetto protagonisti dell'evento. E questo nonostante che la quasi totalità di loro fosse in possesso di uno smartphone. Ma dal giorno precedente la generale i telefonini non funzionarono più. Per espressa volontà del Maestro fu attivato un dispositivo che bloccava il segnale, totale isolamento, almeno fino al giorno successivo all'evento. Così nessuno poté diffondere quello che era successo, foto, filmati, commenti, per la prova generale, alla quale assistette una trentina di persone, qualificatissime. Critici internazionali, impresari di fama mondiale, ambasciatori, pezzi grossi.

Franzes era molto nervoso, anche perché ora che gli avevano smontato la tenda Moncler gli toccava dormire in mezzo agli altri. La roba era rimasta al suo posto, compreso il baule contenente gli effetti più importanti e il decespugliatore. Uno scenografo gli impose di mettere via la bacinella lavamano e altri oggetti, che davano l'idea di un ostentato gusto antiquario, inadatto allo spettacolo, nel quale i morti di fame non dovevano dare l'impressione di non esserlo né di desiderare di non esserlo.

Franzes avrebbe avuto bisogno di tranquillità, invece tutta quella agitazione e le sue nuove responsabilità lo mettevano in crisi, sotto pressione. Gli riaffioravano alla mente i tristi tempi di quando faceva l'imprenditore. Che stress! Ma se doveva ritrovarsi nelle stesse situazioni allora la scelta del gran rifiuto che l'aveva fatta a fare? Ammesso che una bancarotta fraudolenta possa essere classificata come gran rifiuto. Sta di fatto che quando lo intervistavano lui la metteva in questi termini, e in effetti un po' più libero di prima si sentiva veramente.

Dopo il buffet e la bevuta, forse per l'intensità adrenalinica scatenata in persone che normalmente di adrenalina ne vedevano poca, parve innescarsi nello stanzone, a riflettori spenti, una forte esuberanza sessuale.

I primi a mettersi all'opera furono naturalmente il Prete e la suora. Quest'ultima a dir la verità aveva dismesso il travestimento da sorella, su consiglio del costumista, un greco probabilmente eterosessuale. Anche il Prete era in abiti civili.

La loro foga scatenò pulsioni in altri presenti. Si misero sul pezzo anche i due punkabbestia, compresi i loro relativi cani.

Rizzitiello avvicinò a sé la moglie Catarì, che mentre il marito la ingroppava continuava a sfogliare una rivista di moda di qualche anno prima. Anche gli indiani ci davano dentro, i loro bambini si misero a cercare di fare altrettanto fra di loro, chi più chi meno, a seconda dell'età.

Il grosso tedesco si mise d'accordo con i balcanici per avere una mezz'oretta a disposizione con la quindicenne di belle fattezze. Dovette sborsare un ventino, ma quello di soldi ne aveva sempre.

Persino gli Innamoratini anziani, così riservati di solito, si lasciarono trasportare da questo clima orgiastico.

Franzes osservava questi sommovimenti, in qualche modo si sentiva solo. Si lasciò andare all'alcol, ma quella notte dormì malissimo nonostante il paio di litri di Primitivo di Manduria. Sognò le scarpe Casadei, e che qualcuno lo scopriva con le mani, insanguinate, nel sacco.

16
La sera della Prima

Finalmente venne il giorno della Prima.

Alle sette del mattino arrivarono tecnici, operatori, addetti, e gli straccioni erano già svegli e confusi. C'era entusiasmo e disaccordo fra le varie squadre: elettricisti, scenografi, macchinisti, coreografi, massaggiatrici, tecnici del suono, fotografi, cineoperatori, terapisti ayurvedici, assistenti vari, eccetera, come se sul fronte fossero presenti molteplici squadroni di cavalieri, fucilieri, assaltatori, genieri, senza un'autorità unica che potesse organizzare l'offensiva o la ritirata. Inoltre c'era chi durante la notte aveva esagerato col bere, aspirina e ibuprofene venivano spacciati a prezzi esosi.

Paradossalmente quelli che rompevano meno i coglioni erano i non professionisti, cioè i senzatetto che avevano un ruolo di comparse rinforzate: pronti secondo gli orari prestabiliti seguivano alla lettera quello che veniva detto loro, stavano attenti e non sollevavano alcun problema di carattere sindacale, cosa che invece facevano, si potrebbe dire per abitudine, macchinisti, elettricisti, tecnici del suono a stipendio fisso. A quanto pareva, e alla faccia di Carlo Marx, costoro erano quelli che più se ne sbattevano dei destini dei diseredati.

In giornata si riprovarono i movimenti, i cambi, le entrate e le uscite.

Musicisti e danzatrici arrivarono soltanto nel primo pomeriggio, svogliatamente, non era previsto dal contratto ma il Maestro li aveva voluti lì prima dell'orario concordato, per qualche affinamento perfezionistico.

Dopo scontata negoziazione sindacale per le ore non previste per gli orchestrali, si poté cominciare.

Anche le danzatrici avrebbero voluto fare lo stesso, ma non avevano la medesima coesione come lavoratrici dello spettacolo, non potevano alzare la cresta perché dietro di loro ce n'erano altre mille, in tutto il mondo, che avrebbero fatto carte false per lavorare col Maestro.

Comunque sia i musicisti che le danzatrici avevano diritto a una pausa di mezz'ora. Uscirono per andarsi a prendere un caffè o un tè, e a fare le loro chiamate.

Alle cinque, mentre si riprovavano alcuni movimenti, Al Hamdulallah sollevò un problema, era l'ora della preghiera. Il Maestro gli disse che poteva pregare tranquillamente, meglio se a voce alta. Era talmente entusiasta che chiese al musulmano se poteva ripetere la preghiera anche nel corso dello spettacolo, proprio durante quel movimento lì, possibilmente piazzandosi sul proscenio, così lo si vedeva meglio. Al Hamdulallah era un po' perplesso, obiettò che nell'orario dello spettacolo non era prevista preghiera, ma siccome era un tipo accomodante, e inoltre non è vietato pregare fuori orario, acconsentì.

Gli altri furono un po' gelosi di questo trattamento particolare, come se si chiedesse di fare un a solo al secondo clarinetto e non al primo.

«Io di solito a quest'ora stendo i panni» disse Catarì, ma la cosa non sollevò alcun interesse coreografico.

«Io devo prendere la medicina» disse Standard.

Intanto i minuti passavano, implacabilmente.

Nel foyer razionalista, adesso uno splendido ambiente in bianco glaciale, giunsero sette belle ragazze vestite in tailleur scuro e camicia bianca che, sedute davanti ai loro computer, parevano impegnatissime.

Sarebbero state loro ad accogliere gli ospiti illustri e gli spettatori, estremamente selezionati, che per raggiungere i posti a sedere avrebbero dovuto seguire un percorso, indicato da segnali bianchi e rossi simili ai segnavia dei sentieri di montagna, evidenziati dalla luce di microled ad alta tecnologia.

Finalmente arrivò il furgone della tipografia, e furono consegnati i Programmi di sala, che erano qualcosa di più di banali programmi di sala, poiché assomigliavano a eleganti cataloghi in carta patinata, con i testi, i movimenti, foto di scena e anche alcuni disegni originali del coreografo. Il volume, 192 pagine, vale a dire sei trentaduesimi, aveva un prezzo di copertina di 68 euro. Ovviamente sarebbe stato omaggiato agli ospiti di riguardo, cioè praticamente tutti i presenti.

Nel «libretto» c'era la lista dei movimenti scenici e musicali, così suddivisi:

Parte prima

IL RISVEGLIO – IL PIANTO – LO STORDIMENTO – LA PENA – LA RABBIA

Intervallo

Parte seconda

L'OBLIO – LE PAROLE – LA LOTTA COLLETTIVA – LO SMARRIMENTO – LA BESTIA – LA PRESA DI COSCIENZA

Nel volume c'erano prefazioni, saluti, saggi critici, tutti a firma di nomi prestigiosi a livello internazionale e non. In particolare un testo di George Steiner sul *Discorso della montagna*, un intervento di Slavoj Žižek sulla *Dialettica umili/signori*, un testo di Galen Strawson sull'ontologia degli *Ultimi*. Purtroppo il volume era fresco di stampa nel vero senso della parola, arrivava proprio allora dalla tipografia e l'inchiostro rimaneva sulle dita.

Naturalmente ne era stata stampata anche una versione in inglese.

Il Maestro volle avere la prima copia: la sfogliò. Il fatto che l'inchiostro gli restasse appiccicato sulle dita gli piacque: e anche che sulle fotografie B/N rimanessero le impronte digitali non era male. Ogni copia così sarebbe stata diversa dalle altre.

Si divertì a lasciare le sue ditate sulla copia d'artista: fece anche qualcosa di più, sulle foto dei movimenti di danza lasciò delle belle strisciate, premendo forte, a sottolineare la dinamicità dei movimenti.

A scanso di equivoci firmò la copia, convinto che nel giro di pochi anni avrebbe avuto un certo valore collezionistico. Ma il Maestro era uomo di grande generosità.

Un paio di copie furono «omaggiate» ai senzatetto. Questi le sfogliarono con grande rispetto e anche con un po' di fretta, alla ricerca di una immagine in cui fossero presenti. Ce n'era una in cui troneggiava Standard, che effettivamente era quello che aveva proprio il phisique du role del barbone, ci sembrava nato. In un'altra c'era Rizzitiello che dormiva a bocca aperta, non si piacque molto, in un'altra ancora i cani dei punkabbestia che si montavano. D'altronde lo facevano sempre, essendo entrambi maschi.

Per tutta la giornata l'aria si tagliava col coltello, nessuno riuscì a consumare il solito riposino pomeridiano. Intorno alle diciotto tornarono gli orchestrali, le danzatrici, e il grosso del personale, ciascuno era indaffaratissimo, nessuno stava dietro alle comparse padrone di casa, alcune delle quali erano prossime a crisi di panico.

Si truccavano, con mezzi propri, anche se non era previsto. Si vestivano.

«Ma uno specchio a noi non ce lo danno?».

«Ma come si fa a lavorare in queste condizioni?».

Alle otto di sera c'erano tutti, compreso il Maestro che, intento in un'esercitazione di meditazione, si era completamente isolato dal resto del mondo, in mezzo al tappeto di danza.

Alle nove meno un quarto cominciò ad affluire il pubblico. Una fila di auto blu, macchine di grossa cilindrata, taxi, scaricava velocemente, per quanto possibile, i fortunati eletti che potevano essere presenti a quell'eccezionale prima a inviti, prima e unica, per il momento, perché per lo spettacolo non erano previste repliche per un pubblico pagante.

C'erano signore in grande spolvero, autorità, con relativi servizi di guardia del corpo, un paio delle ragazze in tailleur accompagnavano gli spettatori ai loro posti, come se si fosse al teatro dell'opera. In effetti i musicisti (due dozzine o più) stavano accordando i loro strumenti.

Con ottimo senso dell'opportunità le gran signore evitarono l'esibizione di vestiti da sera troppo sgargianti: risultarono preferite mise di stilisti giapponesi, per una sera trionfò il minimalismo. Solo tre o quattro delle spettatrici di riguardo non si attennero a questo codice non scritto: in particolare la moglie del Presidente della Confindustria toscana, abbronzatissima e scollatissima, e robusta, non volle rinunciare al suo abito di lamé d'oro, che la strizzava come una guaina da sommozzatore.

Ci fu il solito episodio di intolleranza, turpiloquio e inizio di rissa: era arrivato il noto e attempato critico d'arte televisivo.

Questi, giunto con flemma e tranquillità nei pressi della Cabina del Mazzoni, appena vide che nei dintorni c'erano delle telecamere, si mise a insultare a destra e a manca, non si capiva neanche bene chi.

Il tutto rientrò, grazie all'intervento del sindaco.

Gli spettatori raggiunsero la platea, posta fuori dalla vetrata. Ed ecco che prese posto anche il sindaco, nervoso perché si attendeva l'arrivo ad effetto, che ci fu: nientepopodimeno che il ministro della Cultura, con relativa scorta e un paio di bionde che negli anni Cinquanta si sarebbero definite al fulmicotone. Chissà poi cos'è, il fulmicotone.

Il ministro sedette accanto a un diplomatico, l'ambasciatore svizzero a Roma. Questo perché il rinomatissimo artista Urs Freulerich era svizzero, così come il suo quasi omonimo grande sprinter degli anni Ottanta, vincitore di 15 tappe al Giro d'Italia. E se si fosse trattato della stessa persona?

In questo fraintendimento incorsero parecchi giornalisti, digitando il nome su Google. Pareva loro impossibile che l'artista avesse vinto 15 tappe al Giro, ma con questi artisti di oggi non si può mai dire.

Già, ma dov'era la sua attesissima scultura? La gente si guardava in giro e non la vedeva: dove l'avevano piazzata? In molti erano venuti per vedere quella, in anteprima. Forse della coreografia di Corrado Netzer e delle musiche di Van Hosy se ne sbattevano altamente i coglioni.

Ma la scultura non era in vista, e dunque bisognava aspettare.

Il pubblico prese posto ordinatamente, a scena illuminata. Erano visibili gli alloggi al suolo dei senzatetto, dietro la vetrata nuova di zecca. Però non si intravedeva figura umana: i miserabili erano evidentemente tutti a terra, sommersi dagli strati di coperte, cartoni e stracci.

Il ministro della Cultura e il suo staff continuavano a usare freneticamente il cellulare, o a giocare a qualche videogame.

Gli organizzatori erano in tensione, gli uffici stampa fibrillavano, i PR incrociavano le dita.

Alle nove e cinque presero posto nell'orchestra i concertisti, che nonostante avessero partecipato sul posto ad alcune – non più di tre – sessioni di prove continuavano a rimanere impressionati dal puzzo che in quel locale permaneva, ne erano scandalizzati. Avevano anche sollevato una questione sindacale sulla situazione lavorativa, chiedendo l'installazione di un adeguato sistema di condizionamento, o in alternativa che il loro compenso fosse raddoppiato, altrimenti avrebbero mollato tutto e si sarebbero affidati alle loro compagnie assicurative.

Alla fine si erano messi d'accordo per un extra, fuori busta, per non sollevare problemi, ma il tanfo orribile era sempre lì.

Alle ore ventuno e quindici in punto furono spente le luci e si fece silenzio. L'orchestra attaccò l'ouverture, sibili di musica contemporanea assai ostica: interventi con suoni meccanici e rumori campionati di fabbrica siderurgica e di laboratorio odontotecnico, oltre a grattugie, arpe e violini.

Le danzatrici, filiformi e super-professionali, entrarono in scena sul loro tappeto, ed era difficile accorgersene perché l'area non era illuminata. Così quando terminò l'ouverture e si accesero alla massima potenza i riflettori sullo spazio-danza, un abbagliante riflesso di luce bianchissima (che probabilmente simboleggiava la fine della notte e l'evidente irrompere del sole, nemico dei diseredati), gli spettatori vennero colti di sorpresa, alcuni furono tentati di indossare occhiali da sole. Certe signore rimproverarono se stesse di non esserseli portati dietro. La maggior parte dei maschi invece gli occhiali scuri li aveva con sé, e sfruttò al meglio l'occasione per metterseli, il che a uno spettacolo di musiche contemporanee può risultare utile.

A quel punto l'orchestra intonò motivi un po' meno dodecafonici dei precedenti, anche se cadenzati da una ritmica ossessiva, rimarcata da un assordante intervento delle tre arpiste.

L'unico modo per capirci qualcosa era seguire rigorosamente il libretto, secondo il quale in quel momento eravamo immersi nel primo movimento, IL RISVEGLIO. In effetti mentre le danzatrici – una dozzina – eseguivano gesti robotici misti a movenze orientaleggianti, i senzatetto, i diseredati, gli ultimi, cominciavano a svegliarsi, a sgranchirsi, ad alzarsi dai loro giacigli, a riprendere contatto con l'orrore della giornata che li attendeva. Come degli zombie alla rovescia (nel senso che alcuni zombie si risvegliano al tramonto) i poveracci senzatetto cominciavano a prendere contatto con il nuovo giorno, che se nella vita normale può assumere la forma del ringraziamento, per gli ultimi invece ha le sembianze di una condanna.

Nonostante fosse stato intimato loro di non guardare l'orchestra, né tantomeno le ballerine, e ancora meno fuori dalla vetrata, dove c'era il pubblico, gli straccioni ovviamente fecero tutte e tre queste cose. Soprattutto guardavano la folta ed elegante platea, abbacinati.

Qui era palmare il conflitto fra il coreografo, secondo il quale i senzatetto dovevano fare quello che gli veniva spontaneo, anche guardare attoniti le ballerine o l'orchestra, creando un effetto di meta-spaesamento, e il celeberrimo regista americano Will Newcombe, prediletto da Dolce & Gabbana e da Armani, incaricato di filmare l'evento, il quale invece preferiva che gli straccioni facessero finta che fosse un risveglio normale, e che ciascuno si dedicasse alle sue consuete attività, quasi fosse una giornata qualsiasi. Come dire: Brecht vs Hemingway, cioè fare finta facendo finta di fare finta contro fare finta facendo finta di non fare finta.

Nel corso delle prove c'era stata una furiosa litigata sull'argomento, alla quale i senzatetto avevano assistito allibiti, soprattutto a causa del gergo triviale messo in campo dagli artisti.

Insomma i diseredati si risvegliarono, alcuni facevano finta che fosse una giornata come un'altra, altri invece si guardavano attorno come se fossero al circo. In poche parole guardavano «in macchina».

Il problema, inaspettato, furono i costumi di scena. Perché ben pochi degli attori senzatetto accettarono di presentarsi al pubblico nel loro abbigliamento normale, quello di tutti i giorni. Alcuni, disgraziatamente, si fecero la barba e mostravano volti lisci e levigati, come succede a chi si fa la barba una volta ogni tanto.

Alcune donne erano vistosamente truccate, di fresco, e questo contrastava visibilmente con l'idea di «risveglio».

All'ultimo momento in molti avevano tirato fuori il loro abito migliore, altri se lo erano fatto prestare. Per esempio Standard, figura nota da anni in tutta la città, uomo che nel corso della sua vita si stimava avesse ingerito oltre 70.000 litri di vino, indossava un gilet operato, luccicante, di color rosso porpora.

La famiglia balcanica fu quella che dette il massimo, vestendo i bambini come se dovessero andare a una prima comunione a Srebrenica. I figli maschi in completino giacca e cravatta grigio, con i pantaloni corti e baveri operati, le femmine con abitini stile Barbie policromi e acconciature ricercate, che solo a sud della Drava si è in grado anche lontanamente di immaginare. Il capofamiglia poi indossava un completo a doppiopetto rigato da capoclan, e degli occhiali scuri Ray-Ban a goccia, sembrava – forse perché lo era – un macrò di Istanbul anni Cinquanta. Sfoggiava scarpe bicolori, di certo noleggiate. La moglie invece sfoderò un vestitino striminzito, ma veramente striminzito, color pastello, come se dovesse recarsi a un cocktail in Estonia nel 1963.

Tutto ciò non era stato minimamente previsto e il famoso costumista, un armeno residente negli Stati Uniti, si mise le mani nei capelli, che non aveva.

La vanità non ha confini di censo e di collocazione sociale e culturale. Anche i punkabbestia, privati dei cani che erano stati parcheggiati in un canile a pagamento («i cani no», aveva intimato il direttore di scena), si erano rifatti i capelli, curando le tempie rasate. Uno dei due aveva addirittura velleità teatrali, quindi si considerava un professionista, in mezzo a quella massa di disgraziati, e drammatizzò intensamente il suo risveglio, con movimenti sottolineati e sbadigli accentuati.

Fra i pochi che mantennero il loro abbigliamento di ordinanza c'erano i cosiddetti Innamoratini, fedeli al loro aspetto consueto, e bravi anche a non sovraesporsi scenicamente, rimanendo seduti, imbambolati, al loro posto, come facevano tutti i giorni.

Invece gli indiani furono fra quelli che si mascherarono da festa. Le donne tirarono fuori dei sari coloratissimi, e anche qualche catenina d'oro. I maschi uscirono dai giacigli con sarong bianchi immacolati e ben stirati. Si erano impomatati i capelli oltre ogni ragionevole limite, cosparsi di olio i baffi e profumati all'eccesso. Anche i bambini e i vecchi erano tirati a lucido, sembrava di essere su un set di Bollywood.

Rizzitiello e signora parevano pronti per una festa di matrimonio a Torre Annunziata, di quelle dove arriva il cantante neomelodico. Lui in tuxedo a riflessi madreperlacei, lei con un corpetto di sette misure inferiore alla sua e una minigonna impietosa nei riguardi delle sue robuste cosce.

L'amante del Prete, cioè la suora, sorprese tutti per la sua raffinata eleganza: indossava un vestito di seta a tubino, e si era pettinata con gusto, raccogliendo i capelli biondi in uno chignon appena appena irregolare. Un trucco sobrio, giusto accennato. Il Prete invece era vestito da poveraccio, si era addirittura sporcato la faccia con un sughero bruciato, probabilmente per non farsi riconoscere da eventuali creditori presenti in sala.

Al principe dei coreografi questa interpretazione personale e non governata dei costumi piacque.

Dalla sua postazione rialzata, il pulpito, osservava la casualità degli elementi, e si beava del meraviglioso contrasto fra le rigide geometrie coreografiche tracciate dalle danzatrici e lo spontaneo caos dei suoi attori diseredati.

Comunque la mascherata ebbe successo e incuriosì il pubblico. L'effetto d'insieme aveva un non so che, alcuni lo attribuirono alla genialità magica del famoso costumista, che pure non aveva fatto niente, se non accordarsi con Miuccia Prada per l'abbigliamento delle danzatrici, talmente minimalista che nessuno lo notò.

Ed eccoci al secondo movimento, intitolato LO STORDIMENTO. Sul piano musicale il brano era affidato a un a solo del clarinetto, mentre sulla scena i diseredati, o ultimi che dir si voglia, si rendevano conto, dopo il risveglio, della loro amara situazione esistenziale.

Qui le danzatrici non danzavano, stavano sdraiate per terra, come di solito succede in una coreografia quando non si sa cosa fare.

Comunque il brano era sufficientemente straziante, anche gli attori in qualche modo si commossero, pensando che effettivamente il momento più brutto della loro giornata era dopo il risveglio, quando prendevano contatto con la realtà, specie se reduci da una litrata o più di Tavernello. In ogni caso il tema dello stordimento non li trovava impreparati, sapevano di che cosa si parlava e fornirono un'interpretazione genuina.

E Franzes? Il suo ruolo era quello di una specie di assistente di scena. Gli era stato dato l'incarico di sorvegliare che fra gli attori non succedesse niente di strano, per esempio che uno si mettesse a vomitare o a cagare davanti al pubblico; per il coreografo simili comportamenti in scena erano da ritenere auspicabili, ma insomma, forse era meglio di no.

Così Franzes stava seminascosto, in una posizione scenica simile a quella del tradizionale suggeritore. In qualche maniera si sentiva responsabile della buona riuscita dell'evento.

Solo che vide qualcosa che proprio non si aspettava di vedere. Cioè, qualcosa che stava cercando da un bel pezzo, ma lo vide ai piedi di qualcuno che non si sarebbe aspettato le portasse, e non ne fu contento, anzi, provò una sensazione di estremo disagio.

Questo perché la signora Catarì in Rizzitiello indossava quelle inconfondibili scarpe rosa shocking con i tacchi a spillo, lei che non era alta più di un metro e quarantotto e che stazzava probabilmente una ottantina di chili. Maledetta! Era lei che le aveva rubate, senza sapere che potevano condurre qualcuno sulla forca, almeno in un'altra epoca, ma il concetto era quello.

E adesso come fare? Bisognava intervenire immediatamente, recuperare le calzature, ad ogni costo!

A questo si dedicò interamente l'attenzione di Franzes durante i movimenti successivi, IL PIANTO, LA PE-

NA, LA RABBIA, L'OBLIO, in qualche modo anche lui, pensando a quelle scarpe, attraversò la medesima successione di emozioni.

Sul PIANTO riattaccò l'orchestra nel suo insieme, anche se probabilmente il brano era stato composto per suscitare tutt'altri sentimenti, pareva la parodia di una marcetta. Era scritto anche sul programma di sala che non è raro il caso in cui una marcetta faccia piangere, sempre per i soliti motivi di estraniamento. Gli attori si dettero da fare sulla dinamica del pianto, in qualche maniera, al di là delle differenze etniche, era chiaro a tutti che il pianto esiste.

Il successivo movimento dedicato a LA PENA pareva invece un po' ripetitivo, che differenza c'è fra il pianto e la pena? Ci pensarono le danzatrici, una delle quali era completamente nuda. Si capì che la pena è qualcosa di straziante ma più malinconico del pianto. Dopo il pianto ci si sente meglio, dopo la pena no.

L'orchestra riprese vigore quando fu esplorato il tema della RABBIA.

E qui rubò la scena lo squatter, che pensava fosse venuto il suo momento. Chi meglio di lui avrebbe potuto interpretare questo concetto? E quindi, a torso nudo, si erse sopra il suo cumulo di stracci, in una posa scultorea, prometeica, afferrandosi la testa e facendola ruotare, con le mani, a destra e a sinistra. La sua idea era che occorresse imporsi una sorta di auto-tortura, perché la rabbia si sfoga contro se stessi, quando è irriflessa. Se invece ci si riflette un po' allora la rabbia si sfoga sugli altri, e lo squatter rese questo passaggio afferrando la sua donna per i capelli. Ma no, ma no, non era nemmeno lei l'obiettivo della sua rabbia, l'obiettivo era... le danzatrici, senza darlo a vedere, cominciarono a temere per la loro incolumità. Roteavano quanto più lontano possibile dal miserabile, che si avvicinava minaccioso, eseguendo il passo dell'artigliere misto a movimenti di lotta libera.

Non si sa che cosa il punkabbestia avesse intenzione di fare. Le danzatrici svanirono, e lui, da solo, sotto i riflettori, si sentì un po' troppo sovraesposto, e si irrigidì come una statua di sale.

Nel frattempo anche gli altri interpretarono, ciascuno a modo suo, LA RABBIA: i più si misero a urlare, coprendo la musica, che peraltro proponeva un crescendo impressionante di violini. Le danzatrici saettavano sopra il tappeto di danza, ben attente a non mischiarsi con i barboni, però a questo punto il copione prevedeva che venissero distrutti i nastri divisori bianchi e rossi, e a quest'azione dovevano partecipare anche loro. Insomma la rabbia si catalizzò su quei poveri nastri di plastica, che furono strappati, distrutti, annientati. Il simbolo della separatezza artificiosa fra gli elementi di quel popolo fu annichilato, in mezzo a un discreto bordello nel quale la musica quasi non si sentiva più.

Il crescendo arrivò all'acme, e le luci si spensero, nell'improvviso silenzio.

Gli spettatori avrebbero avuto l'esigenza di un intervallo, per riprendere fiato.

E per fortuna l'intervallo arrivò. Per bacco, lo spettacolo era di una intensità fortissima, alcune spettatrici, probabilmente per finta, esibirono un altissimo, quasi insopportabile, livello di coinvolgimento emotivo.

Per molti l'intervallo era il momento più atteso e più opportuno per la socialità. Furono serviti calici di Prosecco della Valdobbiadene, qualcuno, come sempre succede, chiese se c'era del vino rosso, perché le bollicine gli facevano venire l'acidità.

Durante l'intervallo gli attori senzatetto non sapevano di preciso cosa fare, d'altronde non erano dei professionisti, e non erano stati istruiti a sufficienza. Alcuni furono tentati di unirsi a quelli del Prosecco, però vennero bloccati dai robusti uomini dello staff, che li invitarono a riprendere il loro posto.

Cosa che non tutti fecero, anzi la maggioranza si avvicinò alla vetrata, per guardare fuori, in direzione delle eleganti spettatrici e degli austeri signori in vestito blu. Un po' come quando allo zoo i primati, per intendersi gorilla e scimpanzé, si mettono a osservare incuriositi e/o innervositi i visitatori che li guardano da dietro le sbarre.

Questo non era previsto, ma venne preso per un gesto scenico programmato, in cui si invertivano i ruoli osservato-osservatore.

In ogni caso il sentirsi così esaminati costrinse le spettatrici e gli spettatori ad assumere movenze meno mondane, a non bere più di un bicchiere e a non sghignazzare più del dovuto.

Il coreografo, che osservava dal pulpito, era estasiato. I giornalisti già digitavano freneticamente sui loro iPad, raccontando il successo annunciato. Questo nonostante lo spettacolo fosse solo a metà, ma tanto si sapeva come andava a finire. E i commenti delle persone che contavano già propendevano per un sostantivo: capolavoro.

Franzes invece aveva tutt'altro a cui pensare: come riagguantare le scarpe col tacco? Risfogliò il programma di sala e scorse i movimenti della seconda parte.

Parte seconda

L'OBLIO – LE PAROLE – LA LOTTA INTESTINA – LO SMARRIMENTO – LA BESTIA – LA PRESA DI COSCIENZA

Escluse di poter entrare in azione durante L'OBLIO, una scena praticamente statica accompagnata da un duetto di violoncelli che avrebbe fatto venire la pelle d'oca a una lucertola. Non si prestava ai suoi obiettivi nemmeno LE PAROLE, che a quanto si ricordava era un sommesso intermezzo sull'incapacità di parlare, e quindi una situazione silenziosa.

Si focalizzò invece sulla LOTTA INTESTINA, uno dei movimenti salienti in cui gli ultimi se la prendevano l'uno con l'altro, secondo il tradizionale tema della guerra fra poveri. Qui ci sarebbero stati accenni e oltre di rissa, di dinamiche violente fra i senzatetto, l'occasione adatta per un duro contatto fisico.

E dunque l'intervallo terminò, si spensero le luci in platea, gli orchestrali ripresero posto.

Nella seconda parte dello spettacolo come sempre succede la gente cominciò ad annoiarsi. Il ministro se ne era già andato? Ma come, prima che facesse la sua comparsa l'opera di Urs Freulerich?

Durante il movimento LE PAROLE, che giustamente nel programma di sala recava il sottotitolo *L'afasia*, perché le parole non venivano fuori, Franzes notò strani movimenti.

Lo homeless tedesco, un omone alto due metri, coi capelli grigi e una faccia piena di rughe, in vita sua di sole ne aveva preso, aveva la pelle raggrinzita, quasi bruciata, quello al coperto in vita sua di tempo ne aveva passato poco. Un elemento a suo favore nel modo di pensare di Franzes.

Ecco, quell'uomo durante lo spettacolo non partecipava ai movimenti di gruppo, se ne stava seminascosto in un angolo, coperto quasi del tutto da un vecchio sacco a pelo sdrucito. Franzes lo guardò meglio, e, porca miseria, si accorse che c'era qualcosa che non andava. Quello lì, seminascosto, stava usando una macchina fotografica: si vedeva da lontano che valeva qualche migliaio di euro, anche solo il teleobiettivo. Lurido bastardo! Era una maledetta spia, un professionista, che senza alcuna autorizzazione rubava immagini per un servizio fotografico sicuramente pagato a peso d'oro.

Franzes ebbe un colpo di genio.

Urlò: «C'è una spia fra di noi! Afferriamolo!».

Gli altri, smarriti perché di quella battuta nessuno

ne sapeva niente, nemmeno il coreografo, inscenarono immediatamente una gestualità volta a simboleggiare il sospetto e l'incazzatura.

Franzes fece cenno di fare silenzio, e di seguirlo, naturalmente a suon di musica. Richiamò la collettività dei senzatetto intorno al giaciglio del tedesco, che se ne stava nascosto, ma che non potendo vedere Franzes non capiva niente, credeva si trattasse di una fase prevista dello spettacolo. Con un gesto particolarmente teatrale Franzes tirò via rapidamente il sacco a pelo sotto il quale si nascondeva il crucco, che si trovò a essere scoperto, in balìa del popolo, con la sua attrezzatura fotografica costosissima.

Non fu necessario un cenno per scatenare le masse dei diseredati, gli si gettarono addosso, gli divelsero la camera dalle mani, lo picchiarono, o almeno simularono di farlo, anche se onestamente pareva che lo picchiassero per davvero.

Il coreografo sul pulpito era in estasi: il popolo aveva scoperto il traditore, la spia, il prezzolato dal capitale mediatico che sfruttava la povera esistenza dei diseredati per farne merce di scambio, e di alto valore. Con le sue mani afferrò un riflettore e illuminò il linciaggio del tedesco. L'apparecchio fu fatto a pezzi, nessuno neanche pensò a tenerselo, nonostante valesse un sacco di soldi.

Le danzatrici si trovarono in parziale difficoltà, visto che l'attenzione scenica andava a focalizzarsi altrove rispetto a dove si trovavano loro, e dire che era previsto un a solo dell'étoile.

Preso dall'entusiasmo uno dei balcanici, un ragazzo, scagliò il teleobiettivo contro la vetrata che separava la scena dal pubblico, sfondando uno dei vetri appena restaurati. Il gesto aveva innumerevoli valenze simboliche: in primis che gli animali dello zoo restituivano al mittente lo strumento mediatico col quale venivano immortalati, cioè, per le menti più fini, uccisi. Il primo segnale della ribellione, che, come prevedeva il programma di sala, era imminente. E il gruppo adesso, da un ammasso di individualità isolate e perdute, era diventato una comunità, amalgamata, forte, pronta a dare battaglia.

Un bel caos, proprio quello di cui Franzes aveva bisogno, ma in qualche misura l'imprevisto attacco al delatore scombinò i piani, perché adesso era contemplato il paragrafo sulla LOTTA INTESTINA, vale a dire il momento in cui la rabbia degli individui facenti parte della collettività si scatenava sui membri della collettività stessa, una scena ad altissimo tasso emotivo, sottolineato dalla musica in crescendo.

Era prevista una sorta di rissa tutti contro tutti. Però gli attori non sapevano da dove cominciare, dato l'imprevisto, durante il quale avevano fatto comunella. E poi ci arrivavano anche loro a capire che l'episodio del delatore sarebbe venuto meglio dopo la lotta intestina, a coronamento, come per spiegare che l'unico motivo dei dissidi interni era la sordida figura della spia, al servizio della società borghese.

Comunque bastò che qualcuno iniziasse a dare spintoni che l'evento coreografico della rissa prese forma. Una spinta tira l'altra, e presto i senzatetto cominciarono a darsele, con una messa in scena molto realistica, durante la quale fecero presto a riemergere dissapori, inimicizie, rancori pregressi, finora soltanto mascherati. In molti avrebbero voluto approfittare dell'occasione per dare il fatto suo a Franzes, ma quello aveva altro per la mente. Ora o mai più. Era venuto il momento di recuperare le scarpe rosa. Quindi anche lui si lanciò nella mischia, con un obiettivo preciso, la Rizzitiello.

La afferrò da dietro, mentre quella stava prendendo a calci uno dei bambini balcanici, che disprezzava profondamente e che probabilmente le aveva rubato un bijoux. Franzes la stese a terra e si dedicò subito all'impresa di toglierle le scarpe col tacco. Non era facile, visto che le scarpe le stavano assai strette, e che lei si ribellava.

«Rendimi le scarpe, sono mie!» le diceva in un orecchio.

«Neanche morta, bastardo. E non sono tue, sono di una donna che è morta!».

«Dammele, canaglia!».

«Te lo scordi, assassino!».

«E a te queste cose chi te le ha dette?».

«Come chi me le ha dette? Turbe, no? È lui che me le ha vendute. Dieci euro ha voluto e adesso sono mie! Ahiaa!».

Franzes era inferocito. Che bastardo quel Turbe! Aveva avuto quello che meritava. Ma riusciva a stento a pensare con lucidità, perché Catarì, voltatasi con l'agilità di un gatto, lo graffiava in faccia con le sue unghiacce lunghe e sporche.

Per cui fu costretto a fare qualcosa che non era nei piani, ma che a quel punto gli parve necessario. D'altronde il momento era opportuno, nessuno se ne sarebbe accorto, almeno nell'immediato.

Franzes trovò per terra un ciottolo di fiume, probabilmente un'arma che la Rizzitiello teneva a portata di mano per autodifesa, e demolì a sassate la bagasciona, con quattro o cinque colpi. Catarì rimase a terra, priva di sensi e forse già anche di vita, ma intorno c'era un tale bordello che nessuno se ne accorse. La musica relativa al movimento LA LOTTA INTESTINA era finita da un pezzo, ma la rissa continuava, per interromperla il Maestro fece spegnere le luci, gli attori si paralizzarono, come morti. Nel buio totale le danzatrici ripresero posizione.

Era iniziato LO SMARRIMENTO. Dopo la rissa gli ultimi non potevano che essere smarriti. L'orchestra sottolineò la gravità del momento con un brano indecifrabile, in quanto tale adatto allo scopo. Le danzatrici inscenarono una coreografia in cui effettivamente pareva che non sapessero dove andare, ma i critici più avvertiti ritennero questa trovata un po' troppo didascalica per rappresentare il problema dello smarrimento.

In questa fase due o tre notabili, di quelli con gli occhiali neri addosso, cominciarono a russare, ci vollero delle gomitate ben assestate per ristabilire un minimo di decenza, anche perché stava iniziando il movimento denominato LA BESTIA, il vero e proprio climax dello spettacolo, con l'arrivo in scena dell'opera d'arte di Urs Freulerich. Ed ecco che in lontananza si sentì un fischio fortissimo e a ruota altri assordanti rumori meccanici, tum tum tum, roar, tatatac. Eppure non si vedeva niente, fra il buio e la caligine.

Gli spettatori si mossero, alcuni si alzarono in piedi, altri girandosi all'indietro restarono seduti sulle poltroncine. Il frastuono aumentava, qualcosa si stava avvicinando, qualcosa di estremamente minaccioso, che produceva una coltre di fumo. La «cosa» ormai era nelle vicinanze, circondata da una nuvola di fumo bianco. Ogni tanto emetteva vampate di vapore, soffiava, sembrava quasi che respirasse, un respiro che si sarebbe potuto sentire da chilometri. La cosa si fermò, mentre la coltre di fumo cominciò a sollevarsi.

Sul binario adiacente alla piazzola dove erano raccolti gli spettatori era arrivato un gigantesco mostro meccanico, una sorta di Leviatano metallico che godeva di vita propria.

Di colpo si accesero decine di riflettori a illuminarlo. Gli spettatori erano abbacinati perché il mostro emetteva e rifletteva luce fortissima in tutte le direzioni. E adesso che il vapore si stava diradando fu possibile capire cosa fosse.

Una locomotiva a vapore interamente rivestita d'oro – oro massiccio – scintillante, con le macchine ancora in movimento.

Era quella l'opera del grande artista Urs Freulerich: la Bestia umana. Il mostro continuava a scaricare vapore dal basso, creando una specie di nebbia che non mancava di una certa efficacia scenica.

A guardarla meglio, tutta la superficie esterna della locomotiva era decorata con preziosissime opere d'arte: bassorilievi a sbalzo che imitavano quelli del Ghiberti nella porta del Paradiso, finissime filigrane riprese dai maestri argentieri germanici del Medioevo, sculture gotiche come quelle delle grandi cattedrali francesi, compresi mostri, grilli e gargoyles. Per non parlare di alcune figurazioni plastiche in stile orientale, simili a quelle di certi templi buddhisti. Una specie di summa dell'arte di tutti i tempi e luoghi, in oro.

Qualcuno sicuramente stava pensando che quest'idea di rivestire d'oro le opere negli ultimi tempi fosse un filino abusata, nel grande circus dell'arte contemporanea, ma «questo è un progetto del 1989», avrebbe assicurato l'artista, carte alla mano. «Sono gli altri che mi hanno copiato!».

Affinando ancor di più lo sguardo si potevano vedere degli oblò, sulle fiancate, dietro i quali erano custodite delle teche d'oro e vetro. In queste, illuminate a incandescenza, parevano proprio essere contenute delle ossa umane, un dito, una tibia, un ginocchio: reliquie!

La scena era travolgente, pareva di essere nel mezzo di un sogno magico, mentre la Bestia umana continuava ogni tanto a soffiare vapore, sembrava un essere vivente!

Ma c'era di più. Dalla locomotiva partivano delle strutture semoventi, come delle chele di enormi crostacei, tenaglie metalliche in oro massiccio che si muovevano in tutte le direzioni, forse per mozzare teste, braccia e gambe.

Questi bracci meccanici cominciarono a muoversi, il pubblico tratteneva il fiato, soprattutto al pensiero che quella opera d'arte era stata già venduta per cento milioni di euro. Non ci voleva molto a capire che la Bestia rappresentava il mostro repressivo, la macchina messa in moto dal capitalismo (finanziario, per quello era dorata) allo scopo di incantare il popolo con i suoi effetti speciali, che poi sarebbe il compito dell'arte asservita, e al tempo stesso seminare il terrore e togliere qualsiasi velleità di autodeterminazione e di ribellione, sotto la patina dorata che usava l'arte come schermo.

La reazione degli spettatori fu variegata: curiosità, ammirazione, sorpresa, meraviglia, perplessità, spallamento, disgusto, non necessariamente in quest'ordine. Alcuni per osservare l'opera dovettero voltare la testa all'indietro, un atto rituale predeterminato e voluto, come a simboleggiare uno sguardo verso il passato, un obbligo punitivo per chi inconsapevolmente subiva il fascino di un'idea di progresso sconfitta dalla storia e dagli autoritarismi.

L'opera destò subito nei presenti sbalordimento, contraddizioni e intense riflessioni, la più diffusa delle quali fu: «Embè?». Nessuno nel suo intimo fu in grado di pronunciare la solita frase che si sente alle mostre di arte contemporanea, cioè: «Lo sapevo fare anch'io», perché in effetti costruire una gigantesca locomotiva a vapore d'oro, e per giunta funzionante, non è alla portata di tutti. Probabilmente proprio a questo atteggiamento voleva rispondere l'artista Freulerich, stufo di artisti che mettono una moneta da dieci centesimi dentro una scatola da scarpe oppure che piazzano una presa della corrente elettrica dove non c'era, come oggetti trovati. Gli artisti che possono farlo si sono messi di buzzo buono a costruire oggetti improbabili e costosissimi, fatti d'oro, diamanti e materiali rarissimi. La mia opera farà schifo, pensano, ma che non ti salti in mente di dire «Lo sapevo fare anch'io» perché non è vero.

Insomma la Bestia non mancava di sollevare i problemi chiave dell'arte e della società contemporanee.

Ma i tempi dell'evento procedevano impietosi. Le luci all'interno si riaccesero, i musicisti intonarono il movimento dal titolo LA PRESA DI COSCIENZA.

Che fanno adesso i senzatetto? Vorrebbero distruggere la locomotiva dorata?

I barboni mostrarono una professionalità inimmaginabile, tanto che non pochi pensarono che fossero veri attori. Senza neanche guardare il pubblico gli passarono vicino e focalizzarono la loro attenzione sulla scultura semovente di Freulerich: la fissavano con odio e determinazione, era quello il loro obiettivo. Come un sol uomo, già dimenticatisi delle botte precedenti (tranne forse uno) si misero a correre, lungo i binari, urlando e gesticolando. Brandivano dei bastoni, ma che avrebbero potuto fare contro quel mostro meccanico con le loro armi rudimentali? Neanche un graffio, eppure avanzavano. Lo smarrimento l'avevano superato e vinto: adesso avevano le idee chiare, e il nemico era lì, davanti a loro. Volevano assaltarlo... Le istruzioni erano di alzare i bastoni e di infilarli in mezzo alle tenaglie, in modo che il macchinario le troncasse di netto.

«Ma non è che qualcuno finisce per farsi male?» aveva chiesto il Prete.

«Niente paura» lo avevano rassicurato, c'era un dispositivo automatico che bloccava le tenaglie in caso finissero per acchiappare un braccio o una gamba. Quindi il capitalismo finanziario aveva un dispositivo di autoregolazione, per non nuocere più di tanto alla forza lavoro?

A questo punto arrivarono le danzatrici, la sesta arte interveniva in aiuto degli ultimi? Situazione storicamente mai verificatasi, che però ebbe il suo effetto. Le ballerine si misero in circolo, assumendo la forma di un echinoderma: braccia e gambe uscivano da quella specie di falange, e la Bestia si spaventò. Le tenaglie si paralizzarono, i peones rinforzarono i loro attacchi.

Allora la locomotiva si rimise in moto, che voleva fare? Attaccare i diseredati? Inseguirli... oppure il contrario, era il popolo a inseguire la Bestia dorata? In effetti aveva inserito la marcia indietro, la macchina a vapore sbuffava, sibilava, il mostro aveva paura. E se il treno, nel suo incedere, è sempre e universalmente stato il simbolo del cosiddetto Progresso, allora che cosa rappresenta una locomotiva che va all'indietro se non il Regresso?

La locomotiva piano piano regrediva, e il popolo, intorno, prese coraggio. Le danzatrici scomposero l'echinoderma, il pubblico si dovette rialzare in piedi per capirci qualche cosa.

Vedendo la Bestia retrocedere il Popolo rafforzò la convinzione e la potenza della sua carica, non le dava più tregua, e man mano che aumentava la velocità il passo fermo si tramutò in corsa. Il mostro era in fuga!

Scomparvero sia l'opera d'arte che i senzatetto: la musica continuò in calando per un altro paio di minuti, giusto per dare agli spettatori la possibilità di riprendersi. Poi fu silenzio: qualcuno ebbe la tentazione di avviare l'applauso, ma ecco che balzò sul tappeto di danza, illuminato a giorno, il coreografo, che nonostante superasse i sessant'anni non aveva resistito alla tentazione del «solo» finale, nel silenzio. Teso come una corda, il Maestro interpretò alcuni passi in stile arte marziale, quale di preciso non si sapeva.

Un minuto, non di più.

Poi si bloccò al centro, come una statua, e allora, a partire da assistenti e tecnici, si scatenò l'applauso, come una liberazione. Liberazione in almeno tre sensi: 1) che finalmente si poteva esternare l'entusiasmo, dopo che le emozioni erano state contenute per così tanto tempo; 2) che finalmente lo spettacolo era finito; 3) che adesso si poteva andare a mangiare o bere qualcosa, e lasciare quella scomoda platea in mezzo alla stazione.

L'applauso durò oltre dieci minuti, durante i quali gli attori senzatetto ebbero modo di tornare indietro, per un passaggio interno, e di riprendere posto sulla scena, per raccogliere la meritata ovazione. E da come si inchinavano, con fierezza ma anche con modestia (simulata), parevano proprio dei consumati professionisti del palcoscenico. Il grande coreografo volle mischiarsi a loro, alzandone le mani, chiamandoli tutti a sé.

Nessuno per il momento si era accorto che in mezzo alla scena, sotto alcune coperte, giaceva una donna scalza e priva di vita.

Fu servito con celerità, forse troppa, un aperitivo rinforzato, sponsorizzato da una nota ditta di catering del comprensorio: altre bollicine, vini rossi supertuscan, gamberi fritti in tempura, risotto all'ortica...

Nonostante non fosse previsto, anche gli homeless, in brodo di giuggiole, si affrettarono in direzione del buffet. Qui cascò l'asino, perché molti degli spettatori e delle spettatrici furono costretti a condividere lo spazio con quegli straccioni puzzolenti. Oddio, certo durante lo spettacolo avevano sudato parecchio, ma quelli sicuramente erano sporchi e fetenti già da prima, e per di più il cattivo odore di base era rinforzato da profumi improbabili, e da un generalizzato sentore di alcol stantio. Beh, in qualche modo per andare in scena bisogna farsi forza.

Il ministro della Cultura e dello spettacolo era evaporato da un pezzo, alcuni sostenevano che non avesse fatto in tempo nemmeno ad assistere all'arrivo della scultura di Freulerich.

Ma ecco che dalla scena giunse un grido straziante, come quello di un'oca quando le si tira il collo. Erano strilli di orrore, si pensò ovviamente che facessero parte dello spettacolo, una sorta di controfinale inventato da quel diavolo del Maestro.

Non era così: qualcuno aveva scoperto il cadavere della signora Catarì Rizzitiello e gridava in sala: «È morta, è morta!».

Dopo il primo disorientamento, durante il quale ancora qualcuno aveva il coraggio di ridacchiare soddisfatto, commentando che era l'ultimo dei movimenti scenici: «Ma come, non l'avevate capito?», la squadra della security, assieme a qualche agente di polizia di servizio, andò a controllare. Perbacco, c'era veramente una donna morta in mezzo a tutti quegli stracci. Come era successo?

A questo punto la quasi totalità degli ospiti di riguardo svanì di concerto. Soprattutto le autorità (ma erano quasi tutte autorità) si defilarono, alcune svicolarono passando per i binari ferroviari e raggiunsero la stazione di Santa Maria Novella. Altri guadagnarono il foyer e l'uscita, altri scapparono dal retro della palazzina della cabina costruttivista, e scavalcarono il muro. Fra questi il Maestro, agile come un daino.

Quando arrivò il commissario di polizia di zona non c'era più nessuno, anche quasi tutti i normali occupanti dello stanzone erano svaniti. Franzes, in qualità di responsabile accreditato, non abbandonò la nave.

Il medico distaccato stabilì che la donna era morta per un trauma cranico. Si fece l'ipotesi che, nella concitazione, fosse caduta e avesse picchiato la testa. Franzes, quando nessuno glielo aveva chiesto, dichiarò che effettivamente l'aveva vista cadere, ma che non aveva pensato si potesse esser fatta così male.

17
Quando la festa è finita chi è più triste di me

La morte in scena rovinò quello che fino a quel momento era parso un esito straordinario della performance. Non tanto per il fatto in sé, del quale in fin dei conti non importava molto neanche al coniuge della defunta, il Rizzitiello. E neanche per lo spettacolo, che raccolse recensioni entusiastiche, almeno nel 75 per cento dei casi. D'altronde i pezzi erano stati scritti prima, prima dello spettacolo, si intende. E poi The show must go on, si sa, qualsiasi cosa succeda, anche se quello che era successo lo si era scoperto a show concluso.

Durante la notte i senzatetto ripresero posto nei loro settori, non più esattamente separati dal nastro a strisce, avrebbero potuto esserci discussioni ma tutti erano stanchi, esausti e delusi. Poteva andare a finire in un modo peggiore? Proprio quando era arrivato il momento dell'applauso, del successo, del sospiro di sollievo e del buffet, ecco che ti viene a scoppiare quel patatrac, e tutto va a finire a schifìo.

Neanche il Prete ebbe l'energia per zompare addosso alla suora.

Lei, pur provata, gli chiese: «Allora non mi vuoi più? Ami un'altra? Una ballerina?».

La situazione tornò rapidamente alla squallida normalità. Solo durante il primo giorno si era respirata un'atmosfera simile a quella dei preparativi, ma alla rovescia, c'era una grande frenesia per smontare il tutto. Ritornarono elettricisti, macchinisti, idraulici, tecnici del suono, e sbaraccarono ciò che era sbaraccabile: l'unica attrezzatura provvisoria che doveva essere smontata e invece rimase dov'era fu il pulpito del Maestro, che restò attaccato al soffitto, ma senza scala per raggiungerlo.

Le squadre non indulsero in molti riguardi nei confronti degli occupanti legittimi, facevano finta che non esistessero, alla faccia delle bevute in compagnia. Vi furono lievi contrasti per via dei cani o di altro.

Franzes come d'accordo prese possesso dei locali del foyer, che peraltro furono lasciati in grande disordine. Lui ebbe a lamentarsene: «Ma si fa così? Guarda che discarica». In effetti le signorine in tailleur avevano lasciato un immondezzaio vero e proprio.

Purtroppo le stanze restaurate non avevano porte, Franzes dovette provvisoriamente piazzare dei teli di plastica a chiusura dei vani.

Il suo umore non era proprio dei migliori. Nonostante ciò, anzi, per simulare una sicurezza di cui in fondo non disponeva, convocò subito un'assemblea plenaria dei residenti. Il suo intento non era quello di discutere, ma di comunicare il nuovo piano tariffario per coloro che avevano intenzione di trattenersi. La diaria passava a 2 euro, e l'uso dei servizi igienici ne costava un altro.

Vi furono discussioni, forse alcuni tenevano a mente i movimenti dello spettacolo, la Presa di coscienza e la ribellione finale alle autorità. E poi la cifra richiesta per l'uso dei cessi era esosa, considerando anche che gli sciacquoni non funzionavano già più e in poco tempo erano tornati a essere un merdaio, senza acqua corrente.

Alcuni avevano di che lamentarsi perché molti vetri erano già stati rotti a sassate, entrava di nuovo il freddo e si dovette provvedere col cartone.

Anche l'impianto della corrente elettrica era stato portato via per intero, nonostante le promesse non c'era rimasto nessun allacciamento.

Insomma, lo stanzone era tornato quasi fedelmente alle origini, in pochissimo tempo. E allora perché rivedere le tariffe? Era iniquo.

Gli animi si scaldarono, qualcuno, in particolare i punkabbestia, cercava di sobillare le coscienze, in senso antagonista, contro l'autorità repressiva.

«E il degrado? Vogliamo parlare del degrado? Guardate le mura esterne, sono già state rimbrattate da quei writers di merda!».

Pronunciato da un punkabbestia questo discorso risultava spiazzante.

Per calmare gli animi Franzes fu costretto a ritirare fuori il decespugliatore, per chiudere subito un'altra discussione.

Beh, per lui non tutti gli aspetti erano negativi. Per esempio della morte della signora Rizzitiello non se ne parlò più. Sulla «Nazione» del giorno successivo alla Prima alla defunta era dedicata una colonnina scarsa, il giorno dopo niente. Invece allo spettacolo, al coreografo, all'artista visivo, al musicista, al corpo di ballo e perfino agli straccioni erano dedicate paginate intere.

Gli homeless si procurarono copie di tutti i quotidiani, li lessero fino all'ultima riga, ciascuno cercando una menzione personale che lo riguardasse. Non ce n'erano molte, e quelle poche interessavano principalmente Al Hamdulallah, inquadrato addirittura in una foto che ebbe un certo successo, a causa della faccia da tagliagole e dell'aspetto da miserabile genuino.

Al Hamdulallah ritagliò con cura gli articoli e le foto, anche quelle dove lui era assente.

Una certa rilevanza assunse il caso del fotografo tedesco Otto Recht, noto reporter che usava mischiarsi nelle comunità sulle quali voleva fare un servizio, spacciandosi per operaio, camionista, senzatetto, a seconda dei casi. Si lamentò che aveva subito danni enormi, non soltanto per le apparecchiature fotografiche distrutte, ma soprattutto perché era andato perduto il suo lavoro (si sospettava che il committente fosse lo stesso impresario che aveva organizzato il tutto). Il Recht chiedeva un indennizzo cospicuo, ma a chi, ai senzatetto? No, lo chiese all'organizzazione e al Maestro in persona, responsabile anche lui di quella specie di linciaggio.

Franzes nel frattempo si era liberato delle scarpe rosa Casadei, le aveva bruciate, nonostante il loro valore. Questa volta non erano ammessi errori o incertezze, testimoni scomodi o qualche altra sorpresina. Si allontanò dal fuoco, alimentato con una bottiglietta di benzina, solo nel momento in cui delle prestigiose calzature non era rimasto che cenere. Neanche il RIS sarebbe stato capace di tirarne fuori qualche informazione. D'altronde quelle scarpe dovevano essere di plastica, bruciavano che era una meraviglia.

Mentre il piccolo falò giungeva a termine Franzes ebbe modo di ripensare all'intera catena di eventi. Rimorsi? Ma come si fa ad avere rimorso di una cattiva azione che non si sa neanche di aver commesso? E quei maledetti che volevano ricattarlo, non avevano avuto ciò che si meritavano? Era forse colpa sua?

Riflessioni un po' scontate, infatti nessuna di queste lo torturò a lungo. Piuttosto era inquieto, perché temeva di essersi dimenticato qualcosa di importante, non si fidava più molto della sua testa. Eppure adesso la situazione sembrava essersi avviata sul giusto binario, e lui cercava di convincersi di essere in una botte di ferro.

Fra l'altro sul delitto di via Lurcini era calato il silenzio, nessuna novità, i giornali non ne parlavano più, da tempo.

La vita nello stanzone riprese secondo i ritmi soliti. Il fatto che mancassero tre persone non determinò particolari contraccolpi, forse l'unica assenza veramente pesante, per i bilanci familiari dei suoi cari, era quella di Rekka.

Tuttavia una mattina ci fu un bel sommovimento.

Giunse nel locale una pattuglia di almeno una decina di persone.

Arrivarono sette suore, tutte piuttosto robuste, accompagnate da tre nerboruti che eseguivano gli ordini delle sorelle.

Queste avevano saputo, forse guardando la televisione, oppure leggendo qualche reportage sul web, che la loro consorella, suor Lucilla, si era trasferita in quel nido di promiscuità. La loro ferma intenzione era quella di riportarla, con le buone o con le cattive, all'ovile, ammesso che si dica così anche nel caso di suore.

Maniche rimboccate, piglio deciso, rintracciarono velocemente la suora sotto le coperte, nel giaciglio del senzatetto soprannominato il Prete.

La agguantarono, senza troppi complimenti, l'avrebbero ricondotta immediatamente al convento, la madre superiora avrebbe deciso sui provvedimenti da adottare nei suoi confronti.

Suor Lucilla si oppose con tutte le sue forze, non aveva nessuna intenzione di tornare in convento, a leccare la passera alla più anziana di grado. E la sua vita era ricominciata, dal momento in cui aveva conosciuto il Prete: «Voi non potete costringermi a tornare lassù, non ci verrò mai!».

Le sorelle probabilmente avevano messo in conto una reazione del genere, afferrarono la donna per le braccia e per le gambe, fuori le attendeva un furgoncino pronto a partire.

Nel frattempo gli abitanti del luogo avevano preso

interesse al blitz delle suore. Gli energumeni, dei buttafuori disoccupati reclutati a giornata, facevano scudo mentre le suore infierivano su suor Lucilla, la quale si ribellava e cercava di assestare qualche uno-due alle consorelle che le capitavano a tiro. Il Prete, che stava tornando in quel momento dai «bagni», si gettò a capofitto nella mischia: «Lucilla è mia, non riuscirete mai a portarla via!».

Uno dei tre buttafuori assestò un gran cazzotto nei denti al Prete, che cadde al suolo per knock down. Le suore stavano trascinando via Lucilla, urlante, che nonostante il suo fisico gagliardo stava soccombendo alla preponderanza delle sette sorelle, altrettanto gagliarde e allenate.

Quello che non potevano prevedere fu che l'intera comunità, a questo punto confluita sul posto e ben presente, sollevò precise obiezioni su ciò che stava succedendo.

Per primi i punkabbestia si fecero portavoce di un'istanza: «Ma chi vi autorizza a fare così? Se Lucilla vuole stare qui chi siete voi per impedirglielo?».

«Lei si faccia gli affari suoi» gli replicò una massiccia suora «e ci lasci lavorare».

«Ah, è questo il vostro modo cristiano di risolvere i problemi?».

La sorella gli allentò un destro di spalla, che nel convento praticassero il pugilato?

A quel punto, sfortunatamente per le religiose, intervennero i balcanici, poco adusi ad assistere a una rissa senza parteciparvi.

Il Baba estrasse naturalmente il coltello, uno dei bodyguard allora tirò fuori una pistola. Al Hamdulallah, con una mossa repentina, gliela sottrasse e la buttò lontano.

Così si scatenò una zuffa furibonda, senza esclusione di colpi. Botte secche e silenziose, come fa la gente del mestiere, senza grida sguaiate e sceneggiate da ragazzini. Il Prete riuscì a recuperare Lucilla e a metterla in salvo negli appartamenti di Franzes. Quello si approntò a intervenire anche lui, disgustato.

Ancora una volta prese il decespugliatore, lo accese, si schierò dalla parte dei suoi. Avrebbe potuto fare anche diversamente, ma un leader che leader è se non prende le sue responsabilità al momento del bisogno. In pochi secondi falciò gli intrusi, ferendo a sangue maschi e femmine, e mostrando la ferma intenzione di continuare, se questi non avessero abbandonato il posto e i loro intenti.

Le suore ripiegarono, gli altri si accanirono sui buttafuori, che furono pestati a fondo. Dopo una decina di minuti se ne erano andati tutti via.

A quel punto Franzes volle parlare col Prete. Gli disse che così non si poteva andare avanti: quelle sarebbero tornate, magari accompagnate dalle forze dell'ordine.

«Prete, tu e la tua morosa ve ne dovete andare, non so se l'hai capito».

Il Prete cercò di contrapporre qualche se e qualche ma, ma nel pomeriggio se ne erano già andati tutti e due.

Ci mancava solo che tornasse la polizia, o i carabinieri.

L'episodio non ebbe particolari conseguenze. Franzes in qualche maniera ne uscì edificato e galvanizzato, come se si fosse tornati all'ordine. Il tempo giocava a suo favore, le sue preoccupazioni scemavano.

Beh, un piccolo contrattempo ci fu. Un giorno nello stanzone era arrivata l'indiana toscanizzata cui Rekka aveva smerciato la parrucca poi sottrattale da Franzes. La signora, che indossava dei pantaloni di plastica similpelle molto aderenti che mettevano in evidenza cosce e deretano un po' fuori misura, pur se schifata dall'ambiente, esigeva che le si dessero notizie di Rekka, e di una certa parrucca che le era stata trafugata.

Qualche membro della piccola comunità indiana le raccontò la brutta fine che aveva fatto Rekka. Quella non ne era al corrente, non leggeva «La Nazione». Franzes corse a nascondersi: e se quella zoccolona lo avesse riconosciuto? Sarebbe stato difficile, visto che Franzes allora era incappucciato. Invece non lo era la gatta di Standard, che, neanche a farlo apposta, fece la sua comparsa, rovistando fra le masserizie degli indiani.

La tosco-indiana la vide e la riconobbe, e urlò qualcosa a proposito. La famiglia indiana sembrò rimanere perplessa, quella tizia era ammattita? Accusava la gatta di averle rubato la parrucca. Voleva indietro 400 euro, dalla gatta.

Quest'ultima non reagì bene, sguainò le unghie,

pronta ad assalire quella stronza che già le era stata antipatica la prima volta.

Intervenne Standard in persona, che recuperò la micia e minacciò la donna con maledizioni varie. Lei se ne scappò via terrorizzata, gli indiani sono molto superstiziosi. D'altronde chi fra quei miserabili avrebbe potuto restituirle i suoi 400 euro?

Franzes tirò un sospiro di sollievo. Nessuno, nessuno a quel punto sapeva niente dell'eventuale nesso che lo congiungeva alla parrucca, e a tutta la storia che si poteva raccontare a partire da quella.

Nei giorni successivi nello stanzone la vita continuò più o meno come prima, senza particolari sussulti. Rizzitiello si consolò presto della morte della moglie, ammesso che moglie lo fosse. Condusse al suo posto una trentenne veneta priva di denti, un po' rimbecillita a forza di crack, non dava noia a nessuno e non legò molto con gli altri: era l'opposto diametrale di chi l'aveva preceduta.

I balcanici ebbero qualche problemino legale per via di alcuni borseggi sulla linea dell'autobus numero 7, quello che va a Fiesole. Il capoclan fu beccato con le mani dentro la tasca esterna dello zainetto di un turista americano che al posto delle mani aveva delle tenaglie. Per qualche giorno non lo si vide allo stanzone, poi tornò con un foglio di via, la cosa non lo turbò più di tanto, ne aveva già una collezione.

Inaspettatamente tornarono quelli dell'ippoterapia. Avevano trovato i soldi, secondo le richieste di Franzes. Stava partendo un progetto pilota, per cinque persone. Sembrerà strano ma non fu facile trovare cinque volontari, a parte la tentazione dei dieci euro (perché gli altri dieci erano trattenuti da Franzes per spese di segreteria) c'era parecchia diffidenza. Non sarà che ci mettono a spalare la merda dei cavalli, e ci recludono a vita?

Alla fine i selezionati furono: Al Hamdulallah, che con gli animali aveva un buon rapporto; due bambini balcanici, i più piccoli, che così almeno si toglievano dai coglioni per qualche giorno, e gli Innamoratini, soltanto per il fatto che Franzes decise per loro. Una mattina vennero a prenderli con un furgone, furono dotati di un adesivo con scritto sopra: «Equo e distante».

Franzes affittò il loro posto a gente di passaggio, un egiziano ex pizzaiolo e la sua ragazza, un'italiana di buona famiglia torinese che aveva abbandonato il mondo e le sue comodità, ma che la sera si lavava i denti.

Questi due erano esperti di giocoleria, cioè approfittavano del rosso ai semafori per giocare con le clavette, i birilli e altre esibizioni di manualità. In pochi lasciavano l'obolo, però loro in qualche maniera si sentivano degli artisti, anche se di strada. Franzes mostrò loro la sua copia del programma di sala dello spettacolo *Gli Ultimi*: ne rimasero molto impressionati.

18
Ultimo atto

Una particolare mattina, alle ore sette, irruppe nel locale una squadra dei carabinieri, per la precisione un maresciallo, un appuntato e un agente scelto. Chiedevano di un certo signor Franzes. Questo, che stava dormendo profondamente, ci mise un po' a focalizzare la situazione, vedendosi di fronte questi tre uomini in divisa. Pensò che quel cazzo di borsaiuolo ne avesse fatta un'altra.

«Dica» disse sbadigliando.

«È lei il signor Molesin Francesco, detto Franzes?».

«Comandi, sior maresciallo, sono io. Che è successo? Che hanno combinato?».

«Signor Molesin, la dichiaro in arresto».

«Io? E perché?».

«Non siamo autorizzati a dirglielo, signor Molesin».

«Ma come? Io... Io non c'entro niente, io non so niente... è una pura coincidenza se...».

Non proprio di coincidenza si poteva parlare, in effetti. Perché non era una coincidenza che tutti i movimenti dello spettacolo *Gli Ultimi* fossero stati filmati, per di più da tre punti di vista, tre cineoperatori. Il grande regista americano Will Newcombe avrebbe realizzato un vero film, della durata di 110 minuti, più o meno corrispondente a quella dell'intero evento. Nel girato grezzo, prima del montaggio, c'era anche la scena in cui era fissato l'istante in cui un uomo, facilmente riconoscibile, prendeva a colpi di pietra la testa della signora Rizzitiello Catarì. Lo spezzone fu passato alle autorità inquirenti.

Inconsapevole di questa circostanza, Franzes davanti ai carabinieri cercava di raccogliere le idee. Era certo che lo avevano beccato per l'omicidio di via Lurcini. I vicini avevano fatto la spia? La storia della parrucca era venuta fuori? Avevano recuperato il coltello in Arno? Oppure i suoi occhiali erano stati ritrovati in via Lurcini?

In fondo l'aveva sempre saputo, si era illuso di recuperare il controllo sull'intera faccenda, ma non ci era mai riuscito. Quando va via la memoria i guazzabugli non si rattoppano, e l'età, ah, l'età non dà scampo.

Disse che doveva prendere alcuni oggetti personali. Ma come avevano fatto a scoprirlo? Forse una lettera anonima di Turbe? O di Rekka? O di Catarì? Come dimostrare la propria innocenza? Era una trappola, qualcuno aveva voluto metterlo nel mezzo, i colpevoli sono sempre gli ultimi, i diseredati!

«Si sbrighi, signor Molesin».

Nel mentre che Franzes raccoglieva alcune cose nel suo attendamento – ancora non aveva completato il trasloco – si ritrovò fra le mani il giornale, quello che gli aveva letto Turbe, il giorno dopo il ritrovamento della calva sgozzata.

«Io non c'entro niente con questa storia, non potete dimostrare nulla!».

L'occhio gli cadde sulla data del quotidiano: 20 ottobre 2016. C'era qualcosa che non gli tornava. 20 ottobre? Eppure il giorno dopo aveva l'intervista con quei coglioni, se lo ricordava benissimo: era il 28 ottobre. E dunque?...

Chiese il permesso ai carabinieri e recuperò il suo quadernetto delle riscossioni. Porco can, che confusione: il delitto era avvenuto il 19 ottobre, fino a prova contraria, e lui i giorni dal 18 al 21 ottobre era fuori sede, a Cavarzere, per l'istanza di bancarotta fraudolenta. Per il 20 ottobre aveva un alibi di ferro! Quel cretino di Turbe gli aveva letto la cronaca di una settimana prima... per forza non si ricordava di niente, non era stato lui! Ah, sono in una botte di ferro, io in quei giorni ero in Veneto, ne ho le prove!

Diventò quasi arrogante. «Maressiallo, dove xe che me porta?».

«Faccia meno lo spiritoso».

E dunque Franzes fu internato a Sollicciano, in attesa del processo. In carcere tutto sommato non si stava poi così male.

Qui ebbe modo di informarsi meglio sul caso di via Lurcini. Già da alcuni giorni era stato scoperto l'omicida, un medico ospedaliero, specializzato in trattamenti chemioterapici. Il motivo dell'omicidio non era chiaro, il reo confesso non volle dichiararlo, arroccandosi dietro il segreto professionale. Circolavano voci che di mezzo ci fosse un caso di malasanità, relativo ad alcune sedute chemioterapiche somministrate alla persona sbagliata. Ma si trattava solo di voci.

«E allora con quale diritto mi tenete in carcere?».

Il reo confesso aveva anche ammesso di aver raccolto nell'appartamento il materiale compromettente, dal coltello alla parrucca ecc., e di averlo messo in mano a un ubriacone trovato per caso giù in strada.

Tuttavia, quando Franzes parlò con l'avvocato che gli avevano assegnato, capì di essere accusato «soltanto» dell'omicidio di Rizzitiello Catarì, al secolo Caterina Russo. Il filmato lo inchiodava.

«Non so, signor Molesin, cercherò di percorrere la strada della semi-infermità mentale, speriamo in bene».

«Si è trattato di legittima difesa, sior avvocato, tutti possono testimoniare che...».

Purtroppo nessuno poteva testimoniare niente, e quelli che, se fossero stati ancora vivi, avrebbero potuto testimoniare qualche cosa di interessante, non avrebbero migliorato di molto la posizione di Franzes.

Lui in carcere non fece amicizia con nessuno. Stava sempre da solo, in silenzio, con gli occhi sbarrati. C'era qualcosa che non gli dava pace. Com'è che si era sporcato di tutto quel sangue? Mai nella vita sarebbe riuscito a scoprirlo.

Nello stanzone la partenza di Franzes non mancò di creare scompiglio. Ci fu una notevole battaglia su chi avesse il diritto di prenderne il posto, riscossione della retta giornaliera, controllo sulle aree di spettanza, decespugliatore compreso.

I candidati erano Al Hamdulallah, il Rizzitiello e Standard.

La spuntò quest'ultimo, in virtù di diritti di anzianità, della capacità di parlare un italiano abbastanza corretto e del fatto che si era proditoriamente impossessato del decespugliatore. La candidatura Al Hamdulallah non aveva le basi per marciare, soprattutto per quanto riguardava i rapporti con l'associazionismo volontario e con il Comune. Rizzitiello non era presentabile e poco legato al territorio.

Standard occupò immediatamente i locali di Franzes, ci si stabilì con i suoi beni. Non fu facile all'inizio affermare il ruolo di leader, e orientarsi nella contabilità di Franzes, nella quale ci capiva qualcosa solo lui.

Ci vollero un po' di giorni, ma alla fine Standard mostrò competenza e avvedutezza. Aveva preso in mano la situazione.

Purtroppo non ebbe molto tempo per mettersi in gioco, perché le autorità dichiararono lo spazio sequestrato, e i senzatetto lo dovettero abbandonare.

Per fortuna gli Innamoratini avevano trovato posto presso il centro di ippoterapia, coi cavalli si trovavano bene e i cavalli si trovavano bene con loro.

Nota

La presente Commedia nera, i fatti narrati nella quale non hanno alcun riferimento con la realtà, è una riscrittura della commedia *L'Affaire de la rue de Lourcine* di Eugène Labiche (1857), come si capisce dal titolo. D'altronde via Lurcini a Firenze non esiste, e questo evita problemi in partenza. Nel corso della stesura il testo si è discostato sempre di più dal modello, tanto che adesso definirlo una riscrittura pare proprio fuori luogo. Non si potrebbe neanche usare l'espressione «da un'idea di». Ma l'attribuzione andava fatta.

F. R.

Indice

L'atroce delitto di via Lurcini. Commedia nera n. 3

1. Il risveglio dei diseredati 9
2. L'intervista 24
3. Il barbecue 32
4. Ippoterapia 41
5. La lettura del giornale 49
6. A voi chi vi autorizza? 56
7. Roba che scotta 61
8. Mai tornare sul luogo del delitto 69
9. Quello che Turbe non si sarebbe mai aspettato 75
10. In preparazione del grande evento artistico 83
11. La seconda vita della parrucca fulva 92
12. L'Aura del Maestro 103
13. Rito funebre hindù alle Cascine 112
14. Il Prete e la suora in estasi 122
15. L'esperienza della prova generale 130
16. La sera della Prima 138
17. Quando la festa è finita chi è più triste di me 170
18. Ultimo atto 181

Nota 187

Questo volume è stato stampato
su carta Palatina
delle Cartiere di Fabriano
nel mese di giugno 2019

Stampa: Officine Grafiche soc. coop., Palermo

Legatura: LE.I.MA. s.r.l., Palermo

La memoria

Ultimi volumi pubblicati

801 Anthony Trollope. Le ultime cronache del Barset
802 Arnoldo Foà. Autobiografia di un artista burbero
803 Herta Müller. Lo sguardo estraneo
804 Gianrico Carofiglio. Le perfezioni provvisorie
805 Gian Mauro Costa. Il libro di legno
806 Carlo Flamigni. Circostanze casuali
807 Maj Sjöwall, Per Wahlöö. L'uomo sul tetto
808 Herta Müller. Cristina e il suo doppio
809 Martin Suter. L'ultimo dei Weynfeldt
810 Andrea Camilleri. Il nipote del Negus
811 Teresa Solana. Scorciatoia per il paradiso
812 Francesco M. Cataluccio. Vado a vedere se di là è meglio
813 Allen S. Weiss. Baudelaire cerca gloria
814 Thornton Wilder. Idi di marzo
815 Esmahan Aykol. Hotel Bosforo
816 Davide Enia. Italia-Brasile 3 a 2
817 Giorgio Scerbanenco. L'antro dei filosofi
818 Pietro Grossi. Martini
819 Budd Schulberg. Fronte del porto
820 Andrea Camilleri. La caccia al tesoro
821 Marco Malvaldi. Il re dei giochi
822 Francisco García Pavón. Le sorelle scarlatte
823 Colin Dexter. L'ultima corsa per Woodstock
824 Augusto De Angelis. Sei donne e un libro
825 Giuseppe Bonaviri. L'enorme tempo
826 Bill James. Club
827 Alicia Giménez-Bartlett. Vita sentimentale di un camionista
828 Maj Sjöwall, Per Wahlöö. La camera chiusa
829 Andrea Molesini. Non tutti i bastardi sono di Vienna
830 Michèle Lesbre. Nina per caso
831 Herta Müller. In trappola
832 Hans Fallada. Ognuno muore solo

833 Andrea Camilleri. Il sorriso di Angelica
834 Eugenio Baroncelli. Mosche d'inverno
835 Margaret Doody. Aristotele e i delitti d'Egitto
836 Sergej Dovlatov. La filiale
837 Anthony Trollope. La vita oggi
838 Martin Suter. Com'è piccolo il mondo!
839 Marco Malvaldi. Odore di chiuso
840 Giorgio Scerbanenco. Il cane che parla
841 Festa per Elsa
842 Paul Léautaud. Amori
843 Claudio Coletta. Viale del Policlinico
844 Luigi Pirandello. Racconti per una sera a teatro
845 Andrea Camilleri. Gran Circo Taddei e altre storie di Vigàta
846 Paolo Di Stefano. La catastròfa. Marcinelle 8 agosto 1956
847 Carlo Flamigni. Senso comune
848 Antonio Tabucchi. Racconti con figure
849 Esmahan Aykol. Appartamento a Istanbul
850 Francesco M. Cataluccio. Chernobyl
851 Colin Dexter. Al momento della scomparsa la ragazza indossava
852 Simonetta Agnello Hornby. Un filo d'olio
853 Lawrence Block. L'Ottavo Passo
854 Carlos María Domínguez. La casa di carta
855 Luciano Canfora. La meravigliosa storia del falso Artemidoro
856 Ben Pastor. Il Signore delle cento ossa
857 Francesco Recami. La casa di ringhiera
858 Andrea Camilleri. Il gioco degli specchi
859 Giorgio Scerbanenco. Lo scandalo dell'osservatorio astronomico
860 Carla Melazzini. Insegnare al principe di Danimarca
861 Bill James. Rose, rose
862 Roberto Bolaño, A. G. Porta. Consigli di un discepolo di Jim Morrison a un fanatico di Joyce
863 Stefano Benni. La traccia dell'angelo
864 Martin Suter. Allmen e le libellule
865 Giorgio Scerbanenco. Nebbia sul Naviglio e altri racconti gialli e neri
866 Danilo Dolci. Processo all'articolo 4
867 Maj Sjöwall, Per Wahlöö. Terroristi
868 Ricardo Romero. La sindrome di Rasputin
869 Alicia Giménez-Bartlett. Giorni d'amore e inganno
870 Andrea Camilleri. La setta degli angeli
871 Guglielmo Petroni. Il nome delle parole
872 Giorgio Fontana. Per legge superiore
873 Anthony Trollope. Lady Anna
874 Gian Mauro Costa, Carlo Flamigni, Alicia Giménez-Bartlett, Marco Malvaldi, Ben Pastor, Santo Piazzese, Francesco Recami. Un Natale in giallo

875 Marco Malvaldi. La carta più alta
876 Franz Zeise. L'Armada
877 Colin Dexter. Il mondo silenzioso di Nicholas Quinn
878 Salvatore Silvano Nigro. Il Principe fulvo
879 Ben Pastor. Lumen
880 Dante Troisi. Diario di un giudice
881 Ginevra Bompiani. La stazione termale
882 Andrea Camilleri. La Regina di Pomerania e altre storie di Vigàta
883 Tom Stoppard. La sponda dell'utopia
884 Bill James. Il detective è morto
885 Margaret Doody. Aristotele e la favola dei due corvi bianchi
886 Hans Fallada. Nel mio paese straniero
887 Esmahan Aykol. Divorzio alla turca
888 Angelo Morino. Il film della sua vita
889 Eugenio Baroncelli. Falene. 237 vite quasi perfette
890 Francesco Recami. Gli scheletri nell'armadio
891 Teresa Solana. Sette casi di sangue e una storia d'amore
892 Daria Galateria. Scritti galeotti
893 Andrea Camilleri. Una lama di luce
894 Martin Suter. Allmen e il diamante rosa
895 Carlo Flamigni. Giallo uovo
896 Maj Sjöwall, Per Wahlöö. Il milionario
897 Gian Mauro Costa. Festa di piazza
898 Gianni Bonina. I sette giorni di Allah
899 Carlo María Domínguez. La costa cieca
900
901 Colin Dexter. Niente vacanze per l'ispettore Morse
902 Francesco M. Cataluccio. L'ambaradan delle quisquiglie
903 Giuseppe Barbera. Conca d'oro
904 Andrea Camilleri. Una voce di notte
905 Giuseppe Scaraffia. I piaceri dei grandi
906 Sergio Valzania. La Bolla d'oro
907 Héctor Abad Faciolince. Trattato di culinaria per donne tristi
908 Mario Giorgianni. La forma della sorte
909 Marco Malvaldi. Milioni di milioni
910 Bill James. Il mattatore
911 Esmahan Aykol, Andrea Camilleri, Gian Mauro Costa, Marco Malvaldi, Antonio Manzini, Francesco Recami. Capodanno in giallo
912 Alicia Giménez-Bartlett. Gli onori di casa
913 Giuseppe Tornatore. La migliore offerta
914 Vincenzo Consolo. Esercizi di cronaca
915 Stanisław Lem. Solaris
916 Antonio Manzini. Pista nera
917 Xiao Bai. Intrigo a Shanghai
918 Ben Pastor. Il cielo di stagno
919 Andrea Camilleri. La rivoluzione della luna

920 Colin Dexter. L'ispettore Morse e le morti di Jericho
921 Paolo Di Stefano. Giallo d'Avola
922 Francesco M. Cataluccio. La memoria degli Uffizi
923 Alan Bradley. Aringhe rosse senza mostarda
924 Davide Enia. maggio '43
925 Andrea Molesini. La primavera del lupo
926 Eugenio Baroncelli. Pagine bianche. 55 libri che non ho scritto
927 Roberto Mazzucco. I sicari di Trastevere
928 Ignazio Buttitta. La peddi nova
929 Andrea Camilleri. Un covo di vipere
930 Lawrence Block. Un'altra notte a Brooklyn
931 Francesco Recami. Il segreto di Angela
932 Andrea Camilleri, Gian Mauro Costa, Alicia Giménez-Bartlett, Marco Malvaldi, Antonio Manzini, Francesco Recami. Ferragosto in giallo
933 Alicia Giménez-Bartlett. Segreta Penelope
934 Bill James. Tip Top
935 Davide Camarrone. L'ultima indagine del Commissario
936 Storie della Resistenza
937 John Glassco. Memorie di Montparnasse
938 Marco Malvaldi. Argento vivo
939 Andrea Camilleri. La banda Sacco
940 Ben Pastor. Luna bugiarda
941 Santo Piazzese. Blues di mezz'autunno
942 Alan Bradley. Il Natale di Flavia de Luce
943 Margaret Doody. Aristotele nel regno di Alessandro
944 Maurizio de Giovanni, Alicia Giménez-Bartlett, Bill James, Marco Malvaldi, Antonio Manzini, Francesco Recami. Regalo di Natale
945 Anthony Trollope. Orley Farm
946 Adriano Sofri. Machiavelli, Tupac e la Principessa
947 Antonio Manzini. La costola di Adamo
948 Lorenza Mazzetti. Diario londinese
949 Gian Mauro Costa, Alicia Giménez-Bartlett, Marco Malvaldi, Antonio Manzini, Francesco Recami. Carnevale in giallo
950 Marco Steiner. Il corvo di pietra
951 Colin Dexter. Il mistero del terzo miglio
952 Jennifer Worth. Chiamate la levatrice
953 Andrea Camilleri. Inseguendo un'ombra
954 Nicola Fantini, Laura Pariani. Nostra Signora degli scorpioni
955 Davide Camarrone. Lampaduza
956 José Roman. Chez Maxim's. Ricordi di un fattorino
957 Luciano Canfora. 1914
958 Alessandro Robecchi. Questa non è una canzone d'amore
959 Gian Mauro Costa. L'ultima scommessa
960 Giorgio Fontana. Morte di un uomo felice
961 Andrea Molesini. Presagio
962 La partita di pallone. Storie di calcio

963 Andrea Camilleri. La piramide di fango
964 Beda Romano. Il ragazzo di Erfurt
965 Anthony Trollope. Il Primo Ministro
966 Francesco Recami. Il caso Kakoiannis-Sforza
967 Alan Bradley. A spasso tra le tombe
968 Claudio Coletta. Amstel blues
969 Alicia Giménez-Bartlett, Marco Malvaldi, Antonio Manzini, Francesco Recami, Alessandro Robecchi, Gaetano Savatteri. Vacanze in giallo
970 Carlo Flamigni. La compagnia di Ramazzotto
971 Alicia Giménez-Bartlett. Dove nessuno ti troverà
972 Colin Dexter. Il segreto della camera 3
973 Adriano Sofri. Reagì Mauro Rostagno sorridendo
974 Augusto De Angelis. Il canotto insanguinato
975 Esmahan Aykol. Tango a Istanbul
976 Josefina Aldecoa. Storia di una maestra
977 Marco Malvaldi. Il telefono senza fili
978 Franco Lorenzoni. I bambini pensano grande
979 Eugenio Baroncelli. Gli incantevoli scarti. Cento romanzi di cento parole
980 Andrea Camilleri. Morte in mare aperto e altre indagini del giovane Montalbano
981 Ben Pastor. La strada per Itaca
982 Esmahan Aykol, Alan Bradley, Gian Mauro Costa, Maurizio de Giovanni, Nicola Fantini e Laura Pariani, Alicia Giménez-Bartlett, Francesco Recami. La scuola in giallo
983 Antonio Manzini. Non è stagione
984 Antoine de Saint-Exupéry. Il Piccolo Principe
985 Martin Suter. Allmen e le dalie
986 Piero Violante. Swinging Palermo
987 Marco Balzano, Francesco M. Cataluccio, Neige De Benedetti, Paolo Di Stefano, Giorgio Fontana, Helena Janeczek. Milano
988 Colin Dexter. La fanciulla è morta
989 Manuel Vázquez Montalbán. Galíndez
990 Federico Maria Sardelli. L'affare Vivaldi
991 Alessandro Robecchi. Dove sei stanotte
992 Nicola Fantini e Laura Pariani, Marco Malvaldi, Dominique Manotti, Antonio Manzini, Francesco Recami, Gaetano Savatteri. La crisi in giallo
993 Jennifer. Worth. Tra le vite di Londra
994 Hai voluto la bicicletta. Il piacere della fatica
995 Alan Bradley. Un segreto per Flavia de Luce
996 Giampaolo Simi. Cosa resta di noi
997 Alessandro Barbero. Il divano di Istanbul
998 Scott Spencer. Un amore senza fine
999 Antonio Tabucchi. La nostalgia del possibile
1000 La memoria di Elvira

1001 Andrea Camilleri. La giostra degli scambi
1002 Enrico Deaglio. Storia vera e terribile tra Sicilia e America
1003 Francesco Recami. L'uomo con la valigia
1004 Fabio Stassi. Fumisteria
1005 Alicia Giménez-Bartlett, Marco Malvaldi, Antonio Manzini, Santo Piazzese, Francesco Recami, Gaetano Savatteri. Turisti in giallo
1006 Bill James. Un taglio radicale
1007 Alexander Langer. Il viaggiatore leggero. Scritti 1961-1995
1008 Antonio Manzini. Era di maggio
1009 Alicia Giménez-Bartlett. Sei casi per Petra Delicado
1010 Ben Pastor. Kaputt Mundi
1011 Nino Vetri. Il Michelangelo
1012 Andrea Camilleri. Le vichinghe volanti e altre storie d'amore a Vigàta
1013 Elvio Fassone. Fine pena: ora
1014 Dominique Manotti. Oro nero
1015 Marco Steiner. Oltremare
1016 Marco Malvaldi. Buchi nella sabbia
1017 Pamela Lyndon Travers. Zia Sass
1018 Giosuè Calaciura, Gianni Di Gregorio, Antonio Manzini, Fabio Stassi, Giordano Tedoldi, Chiara Valerio. Storie dalla città eterna
1019 Giuseppe Tornatore. La corrispondenza
1020 Rudi Assuntino, Wlodek Goldkorn. Il guardiano. Marek Edelman racconta
1021 Antonio Manzini. Cinque indagini romane per Rocco Schiavone
1022 Lodovico Festa. La provvidenza rossa
1023 Giuseppe Scaraffia. Il demone della frivolezza
1024 Colin Dexter. Il gioiello che era nostro
1025 Alessandro Robecchi. Di rabbia e di vento
1026 Yasmina Khadra. L'attentato
1027 Maj Sjöwall, Tomas Ross. La donna che sembrava Greta Garbo
1028 Daria Galateria. L'etichetta alla corte di Versailles. Dizionario dei privilegi nell'età del Re Sole
1029 Marco Balzano. Il figlio del figlio
1030 Marco Malvaldi. La battaglia navale
1031 Fabio Stassi. La lettrice scomparsa
1032 Esmahan Aykol, Gian Mauro Costa, Alicia Giménez-Bartlett, Marco Malvaldi, Antonio Manzini, Francesco Recami, Gaetano Savatteri. Il calcio in giallo
1033 Sergej Dovlatov. Taccuini
1034 Andrea Camilleri. L'altro capo del filo
1035 Francesco Recami. Morte di un ex tappezziere
1036 Alan Bradley. Flavia de Luce e il delitto nel campo dei cetrioli
1037 Manuel Vázquez Montalbán. Io, Franco
1038 Antonio Manzini. 7-7-2007
1039 Luigi Natoli. I Beati Paoli
1040 Gaetano Savatteri. La fabbrica delle stelle

1041 Giorgio Fontana. Un solo paradiso
1042 Dominique Manotti. Il sentiero della speranza
1043 Marco Malvaldi. Sei casi al BarLume
1044 Ben Pastor. I piccoli fuochi
1045 Luciano Canfora. 1956. L'anno spartiacque
1046 Andrea Camilleri. La cappella di famiglia e altre storie di Vigàta
1047 Nicola Fantini, Laura Pariani. Che Guevara aveva un gallo
1048 Colin Dexter. La strada nel bosco
1049 Claudio Coletta. Il manoscritto di Dante
1050 Giosuè Calaciura, Andrea Camilleri, Francesco M. Cataluccio, Alicia Giménez-Bartlett, Antonio Manzini, Francesco Recami, Fabio Stassi. Storie di Natale
1051 Alessandro Robecchi. Torto marcio
1052 Bill James. Uccidimi
1053 Alan Bradley. La morte non è cosa per ragazzine
1054 Émile Zola. Il denaro
1055 Andrea Camilleri. La mossa del cavallo
1056 Francesco Recami. Commedia nera n. 1
1057 Marco Consentino, Domenico Dodaro, Luigi Panella. I fantasmi dell'Impero
1058 Dominique Manotti. Le mani su Parigi
1059 Antonio Manzini. La giostra dei criceti
1060 Gaetano Savatteri. La congiura dei loquaci
1061 Sergio Valzania. Sparta e Atene. Il racconto di una guerra
1062 Heinz Rein. Berlino. Ultimo atto
1063 Honoré de Balzac. Albert Savarus
1064 Alicia Giménez-Bartlett, Marco Malvaldi, Antonio Manzini, Francesco Recami, Alessandro Robecchi, Gaetano Savatteri. Viaggiare in giallo
1065 Fabio Stassi. Angelica e le comete
1066 Andrea Camilleri. La rete di protezione
1067 Ben Pastor. Il morto in piazza
1068 Luigi Natoli. Coriolano della Floresta
1069 Francesco Recami. Sei storie della casa di ringhiera
1070 Giampaolo Simi. La ragazza sbagliata
1071 Alessandro Barbero. Federico il Grande
1072 Colin Dexter. Le figlie di Caino
1073 Antonio Manzini. Pulvis et umbra
1074 Jennifer Worth. Le ultime levatrici dell'East End
1075 Tiberio Mitri. La botta in testa
1076 Francesco Recami. L'errore di Platini
1077 Marco Malvaldi. Negli occhi di chi guarda
1078 Pietro Grossi. Pugni
1079 Edgardo Franzosini. Il mangiatore di carta. Alcuni anni della vita di Johann Ernst Biren
1080 Alan Bradley. Flavia de Luce e il cadavere nel camino

1081 Anthony Trollope. Potete perdonarla?
1082 Andrea Camilleri. Un mese con Montalbano
1083 Emilio Isgrò. Autocurriculum
1084 Cyril Hare. Un delitto inglese
1085 Simonetta Agnello Hornby, Esmahan Aykol, Andrea Camilleri, Gian Mauro Costa, Alicia Giménez-Bartlett, Marco Malvaldi, Antonio Manzini, Santo Piazzese, Francesco Recami, Alessandro Robecchi, Gaetano Savatteri, Fabio Stassi. Un anno in giallo
1086 Alessandro Robecchi. Follia maggiore
1087 S. N. Behrman. Duveen. Il re degli antiquari
1088 Andrea Camilleri. La scomparsa di Patò
1089 Gian Mauro Costa. Stella o croce
1090 Adriano Sofri. Una variazione di Kafka
1091 Giuseppe Tornatore, Massimo De Rita. Leningrado
1092 Alicia Giménez-Bartlett. Mio caro serial killer
1093 Walter Kempowski. Tutto per nulla
1094 Francesco Recami. La clinica Riposo & Pace. Commedia nera n. 2
1095 Margaret Doody. Aristotele e la Casa dei Venti
1096 Antonio Manzini. L'anello mancante. Cinque indagini di Rocco Schiavone
1097 Maria Attanasio. La ragazza di Marsiglia
1098 Duško Popov. Spia contro spia
1099 Fabio Stassi. Ogni coincidenza ha un'anima
1100
1101 Andrea Camilleri. Il metodo Catalanotti
1102 Giampaolo Simi. Come una famiglia
1103 P. T. Barnum. Battaglie e trionfi. Quarant'anni di ricordi
1104 Colin Dexter. La morte mi è vicina
1105 Marco Malvaldi. A bocce ferme
1106 Enrico Deaglio. La zia Irene e l'anarchico Tresca
1107 Len Deighton. SS-GB. I nazisti occupano Londra
1108 Maksim Gor'kij. Lenin, un uomo
1109 Ben Pastor. La notte delle stelle cadenti
1110 Antonio Manzini. Fate il vostro gioco
1111 Andrea Camilleri. Gli arancini di Montalbano
1112 Francesco Recami. Il diario segreto del cuore
1113 Salvatore Silvano Nigro. La funesta docilità
1114 Dominique Manotti. Vite bruciate
1115 Anthony Trollope. Phineas Finn
1116 Martin Suter. Il talento del cuoco
1117 John Julius Norwich. Breve storia della Sicilia
1118 Gaetano Savatteri. Il delitto di Kolymbetra
1119 Roberto Alajmo. Repertorio dei pazzi della città di Palermo
1120 Andrea Camilleri, Gian Mauro Costa, Alicia Giménez-Bartlett, Marco Malvaldi, Dominique Manotti, Santo Piazzese, Francesco Recami, Gaetano Savatteri. Una giornata in giallo

1121 Giosuè Calaciura. Il tram di Natale
1122 Antonio Manzini. Rien ne va plus
1123 Uwe Timm. Un mondo migliore
1124 Franco Lorenzoni. I bambini ci guardano. Una esperienza educativa controvento
1125 Alicia Giménez-Bartlett. Exit
1126 Claudio Coletta. Prima della neve
1127 Alejo Carpentier. Guerra del tempo
1128 Lodovico Festa. La confusione morale
1129 Jenny Erpenbeck. Di passaggio
1130 Alessandro Robecchi. I tempi nuovi
1131 Jane Gardam. Figlio dell'Impero Britannico
1132 Andrea Molesini. Dove un'ombra sconsolata mi cerca
1133 Yokomizo Seishi. Il detective Kindaichi
1134 Ildegarda di Bingen. Cause e cure delle infermità
1135 Graham Greene. Il console onorario
1136 Marco Malvaldi, Glay Ghammouri. Vento in scatola
1137 Andrea Camilleri. Il cuoco dell'Alcyon
1138 Nicola Fantini, Laura Pariani. Arrivederci, signor Čajkovskij